よいこのための二日酔い入門

よいこのための二日酔い入門

目次

第一章 考察編

第二章 実践編

第三章 応用編

第四章 郷愁編

第五章 短歌編

第一章 考察編

泥酔の経験は人間を謙虚にする

今の時代、酒を飲み過ぎて泥酔しようものなら、「だらしない」「社会人失格だ」「自己管理がなっていない」「人間として本来備えるべき理性が欠如している」などといった印象を周囲に与え、場合によっては厳しい非難を受けることも覚悟しなければならない。コンプライアンスが声高に叫ばれるこの現代日本社会にあって、泥酔することはもはや倫理的に問題のある振る舞いと見做《みな》されかねないのである。

しかしながら私は、この時勢に抗して、泥酔には人間を倫理的に望ましい方向へと導くような効用もあるという説を唱えたい。その効用とは、「泥酔の経験は人間を謙虚にする」というものである。こんな風に書くと、「いい加減なことを言うな、人間は酔っ払うとみな気が大きくなるではないか」というお叱りの声が聞こえてきそうである。確かに、誰しも酔っ払っている最中は気が大きくなり、謙虚とは縁遠い状態になっていることだろう。だが、私が言わんとしているのは、「泥酔を経験した人間は、平常時にはかえって謙虚になる」ということである。一見すると逆説的にも思えるこの命題について、私の個人的な経験も交えながら説明していきたい。

まず、泥酔が人間を謙虚にする第一の理由として、「内なる他者の存在に気付くことができるから」というものが挙げられる。

人間は泥酔すると、素面《しらふ》のときには考えられないような奇行に及ぶことが多々ある。同席者に後日その事実を指摘されるものの、自分では全く覚えていないといったことは、酒飲みであれば日常茶飯事だろう。

例えば私は、泥酔すると急に誰彼構わず土下座をすることがあるらしい。何か粗相をして、それに関して謝っているわけではない。何の脈絡もなく、突如として捨て身の先制攻撃でも仕掛けるかのように土下座を始めるのである。もちろん、私はそれについて全く記憶がなく、よく一緒に飲む友人に指摘されて初めて知ったことである。（なぜそんな奇行に走るのかについては、一応は思い当たるふしがあって、私は過去に仕事上で土下座を強いられたことがあり、その屈辱が素面の状態では無意識の領域に抑圧されているものの、泥酔するとそれが噴出してくるものだから、土下座を自発的に行うことによって、以前の土下座もまた自発的なものであったと記憶を改竄《かいざん》し、トラウマを克服しようという心理的機制が働くのではないかと推察される。）

このように、平常時の自分のコントロールが及ばないもう一人の自分が、泥酔時には現れるのである。このことは、一つの倫理的な教訓を与えてくれる。それは決して、「酒を飲んでもきちんと自らを律せよ」といったものではない。そんなことはそもそも無理な相談である。酒を飲みながら自己を律せよというのは、「走りながら休憩せよ」というのと同じくらい根本的に矛盾した命令だからである。では、泥酔によってもたらされる倫理的な教訓とは何か。それは、「自らの内に他者が存在することを意識し、決して自分が自分の全てをコントロールできるなどと思うな」というものである。泥酔から醒めた人間は、記憶には残っていないが確かになされたという自らの奇行を何らかの形で知る度に、自身に潜む制御不能な他者の存在を否応なしに意識させられるのである。

そもそも、理性的な人間はみな主体的に自らをコントロールできるはずだという考えそのものが、近代化によって生じた幻想であり、「近代的個人」の思い上がりでしかない。泥酔の経験は、自身を自律的な主体であると信じていい気になっている「近代的個人」に、内なる他者の存在を意識させ、自らの驕りと向き合う機会をもたらす。そして、自分が自分を制御しきれないという事実を突き付けられることで生じる無力感は、人間を幾分かは謙虚にしてくれるのである。

また、これまでに述べたものとは別の理由によって、泥酔から謙虚さへと至る道が開かれることもある。その理由とは、「自らの命のありがたみに気付くことができるから」というものである。

泥酔している人間は、絶えず事故死の危険に晒されている。ここで恐縮ながら再び私の事例を引き合いに出すと、私が人生において最も死に接近したのは、大学四年生の泥酔時である。当時失恋直後だった私は、自棄《やけ》を起こしてバーでテキーラをストレートで呷《あお》り続けたために、帰り際にはまともに歩けなくなっていた。そして巡り合わせの悪いことに、飲んでいたバーはエレベーターがない雑居ビルの二階にあり、帰るためには急峻な階段を下りなければならなかった。千鳥足を通り越してコンテンポラリーダンス状態になっていた私は、当然のように階段を頭から転げ落ちた。そこからどういう経緯で病院に行ったのかは覚えていないが、頭部を負傷していたために諸々の検査を受けた。結果としては異常なしで、単なる打撲と裂傷だけだったのだが、医師からはショッキングな事実を告げられた。医師曰く、「怪我の状態を見る限り、頭を打った際に、あなたは猫背だから衝撃が逃げて助かったものの、もし姿勢が良かったら死んでいたかもしれない」と。このときほど自分が猫背でよかったと思ったことはないが、一方でその猫背の背筋が寒くなったのも確かである。それから私は、泥酔には事故死の危険性が伴うことを強く認識するようになった。そして、「テキーラは飲まない」「猫背は治さない」という二つの掟を自らに課しつつ、飲酒には文字通り命懸けの覚悟で臨むようになったのである。

このように、泥酔というものは常に死と隣り合わせである。深い酔いから醒めた折に、ふとその危険性に思い至ったならば、誰しも自らの生命が存続していることなど偶然の結果にすぎないという事実を思い知らされるに違いない。そして、死の危険に晒されつつもたまたま生かされたという僥倖《ぎょうこう》に気付いた人間は、必ずや自らの命に感謝することだろう。こうした経験もまた、人間を謙虚にしてくれるのである。

以上、泥酔の経験が人間を謙虚にする二つの理由を示した。結論を繰り返すと、泥酔を経験した人間は、第一には内なる他者の存在に気付くことによって、第二には自らの命のありがたみに気付くことによって、謙虚になる契機を与えられるのである。これを図式的に整理すれば、第一の理由は「自己の行為の制御の困難の認識」に、第二の理由は「自己の存在の制御の困難の認識」に、それぞれ対応していると言える。

ただ、ここまで説明を尽くしたところで、「個人的な経験を過度に一般化している」「泥酔すると得られるものよりも失うものの方が遥かに多い」「筆者の生活態度を考慮すると酒飲みの自己正当化にしか思えない」「そもそも他人に迷惑をかけているくせに屁理屈をこねて開き直っている時点で全く謙虚ではない」といった批判は免れないだろう。確かに、私の記述には大なり小なり常習的泥酔者のバイアスがかかっているに違いないから、そうした批判は甘んじて受け入れざるを得ない。だが、誰もがコンプライアンスで雁字《がんじ》搦《がら》めになっているこの時代にあって、反倫理の極北とも言えるような泥酔という経験が、逆説的にも新たな倫理の生じる契機になるかもしれないという可能性に、私はどうしても微かな光明を見出さずにはいられないのである。

居酒屋のテーブルは厚い方がいい頭を落とすこともあるから

酒と人間の本性について

連日のように深酒をして酔っ払っている私としては、酒飲みに対する世間からの様々なお叱りの声について、どんなものであってもまずは貴重なご意見として真摯に傾聴すべきだと考えているが、時にはどうしても容認できない内容の主張を耳にすることがある。その一つに、「人間は酔うと本性が出るから飲酒はよくない」というものがある。こうしたふざけた主張に対しては、温厚な私でもさすがに憤りの念を禁じ得ないので、この場を借りて徹底的に反論しておきたい。

まず、酔った状態を本性と見做すこと自体が根本的な誤認である。

ほとんどの人間にとっては、素面で過ごしている時間が日常であって、酒を飲んで酔っ払うのはあくまでも束の間の非日常的体験であろう。そして、日常から非日常へと移行した人間がそれまでとは全く別様の振る舞いを見せるようになるのは当然のことであり、決して飲酒時に限った話ではない。

例えば、親に初めてディズニーランドに連れて行ってもらった子供は、それまで見せたことがないようなハイテンションではしゃぎ回るかもしれない。あるいは、重要な試合で劇的なサヨナラヒットを打ったプロ野球選手は、日常生活ではあり得ないほどダイナミックに全身で喜びを表現することだろう。では、ディズニーランドではしゃいでいる子供に対して、親は「タケシ、楽しくてつい本性が出たな」と思うだろうか。サヨナラヒットを打って興奮している選手について、実況のアナウンサーは「山田選手、嬉しくてつい本性が出ましたね」と言うだろうか。

一時的に特殊な状況下に置かれた人間が、平時とは違う挙動を見せるのは当たり前の話であり、しかもそこに表出されているのはただ単に「普段と異なる一面」に過ぎず、それを「本性」とするのは著しい論理の飛躍である。ディズニーランドではしゃぐ子供も、サヨナラヒットを打って喜ぶプロ野球選手も、酒を飲んで奇行に及ぶ酔っ払いも、端的に「いつもと違う姿を見せている」だけで、それ以上でも以下でもなく、決して「本性が出た」などとは言えないのだ。にもかかわらず、飲酒によって人間の挙動が変化した場合に限って「本性が出た」と見做すのは、あまりにも恣意的な解釈であると言わざるを得ない。

次に、もし百歩譲って、酔ったときの姿がその人間の本性だとしても、本性が出ること自体が必ずしも悪いとは言い切れない。

「人間は酔うと本性が出るから飲酒はよくない」と主張する人々は、人間の本性は醜いという認識を前提としているように思える。人間は普段、理性によってその醜い本性を抑えているけれども、酔うと理性が機能不全に陥るため、抑えられていた醜い本性が現れてくる、と考えているのだ。しかしながら、その考えはそもそも大きく偏った人間観を出発点としているために、歪んだ理路を辿ることとなっている。仮に人間に本性なるものがあるとして、それが悪いものとは限らないではないか。むしろ本性は良いにもかかわらず、普段はそれが何らかの事情によって覆い隠されているという人間もいるのではないか。

例えば、私がよく行く飲み屋の常連にＥさんという人がいる。Ｅさんは私がいつ店を訪れても酔っ払っているのだが、とても物腰の柔らかい好々爺《こうこうや》といった印象の人物で、親子ほど年が離れている私に対しても丁寧に接してくれる。口調はフランクだけれども、決してぞんざいになることはなく、どんなに酔っても優しさとユーモアは失わない。周りは年下ばかりであるにもかかわらず、決して偉ぶることはなく、いつも自虐を交えた冗談で周囲を笑わせている。飲み屋で会う限りでは、Eさんは絵に描いたような人格者である。

ところが、それはEさんの一面に過ぎなかった。ある日、Eさんが帰った後に、Eさんとは長い付き合いだという別の常連から驚くべきことを聞いた。Eさんは不動産会社を経営していて、普段の仕事ぶりは鬼や悪魔に喩えられるほど冷酷にして無慈悲だというのである。会社の主な業務内容は新築マンション用地の仕入れで、好立地にある古い集合住宅に目を付けては、金に物を言わせてオーナーから買い取り、住人を全員あの手この手で強引に追い出してから、デベロッパーに高値で売り付けているそうだ。交渉態度は強硬かつ不遜、仕事の進め方もダーティーで、同業者からの評判はすこぶる悪いらしい。

その証言が真実だとするならば、Eさんの本性とは何なのだろうか。「人間は酔うと本性が出る」との主張に従えば、Eさんは素面だと冷酷で不遜な地上げ屋だが、酔うと本性が出て好々爺の人格者へと変貌するということになる。それならば、Eさんには酒を控えさせるどころかむしろ、みんなで寄ってたかって酒を飲ませて、無理にでも常に本性を出させるようにした方がいいのではないか。このような場合であっても、人間の本性が出るのはよくないと言えるのだろうか。

Eさんの例は極端にしても、酒を飲むことで言動が素面のときよりも好ましくなるケースはしばしば見られる。普段は口下手かつ人見知りで他者との交流を苦手とする人が、酒を飲んだ途端にリラックスして流暢に話せるようになり、自他ともに楽しい時間を過ごせることがある。あるいは、普段は堅物のエリートで他者を寄せ付けない雰囲気の人が、酒を飲むと一転して朗らかに軽口を叩くようになり、周囲を楽しませることがある。仮に人間は酔うと本性が出るとしても、その本性が悪いものであるとは限らない。意外に思われるかもしれないが、飲酒によって人格や言動が好転することも多々あるのだ。

「人間は酔うと本性が出るから飲酒はよくない」と主張する人々の脳内では、「人間は酔うと本性が出る」「人間の本性は醜い」ゆえに「人間は酔うと醜くなる」という三段論法が展開されているように窺われる。しかしながら、その三つの命題は全て誤りである。そもそも前提となる二つの命題が間違っており、そのためにそこから導き出された命題も間違っているのだ。確かに、この世には（私も含め）酔って醜態を晒す人間が少なからずいるので、「人間は酔うと醜くなる」という認識は正しいものであるかのように思えるかもしれない。もし酔っ払って電柱に抱き付いたり看板に土下座したりしている人間を見かけたならば、そうした認識は強化・再生産されることだろう。だが、世の中の全ての酒飲みがいつも醜態を晒しているわけではないのだ。犯罪行為やハラスメント行為は当然ながら許されないが、そうでない限りは、飲酒によって言動が変化したとしても、それを見て本性が出たなどとは思わずに、世知辛い現代社会で悪戦苦闘している大人の一時的な変身として受け入れてほしい。そして、そうした飲酒による「変身」を悪いものだとは思い込まずに、先入観を排して酔った人間と向き合ってほしい。その結果、案外「この人は酔ったときの方がいい」と思うようなことがあるかもしれない。もちろん、「やっぱりこの人は酔うと駄目だ」と思う可能性も十分あるけれども。

最後に、もし読者の方が今後、酔った私の痴態を目の当たりにして醜いと感じても、全ての酒飲みがそうであるかのように一般化するのはやめていただきたい。それはあくまで私個人の問題であって、決して酒飲み全般の問題ではないからである。私のことは嫌いになっても、酒飲みのことは嫌いにならないでください。

お客様の中に獣はいませんか（全員が一斉に手を挙げる）

酒の飲み過ぎによって私が恐れるようになった3つの質問

① 休日は何をしているのですか。

微妙な距離感の相手と何らかの事情で世間話をしなければならないとき、しばしば持ち出される質問である。トラブルが生じにくい、当たり障りのない質問だと思われているのだろう。だが実際のところ、それは私が最も恐れている質問なのだ。休日は必ずと言っていいほど、二日酔いに苦しめられて何もしていないからである。

休日の前夜は深酒をする。前夜に深酒をしていれば二日酔いになる。ゆえに休日は二日酔いになる。誰にでも分かる三段論法だ。私は論理というものが持つ厳粛さを思い知らされながら、休日はひたすら二日酔いと格闘している。いや、格闘しているというのは気取った表現だ。本当のことを言えば、一方的に打ちのめされている。マウントポジションを取られてボコボコである。だから、休日は二日酔いの猛威が過ぎ去るのをじっと待っている、というのが実態を正しく反映した表現になるだろう。吐き気や頭痛、倦怠感など、二日酔いが繰り出してくるバリエーション豊かな攻撃を、ただただ無抵抗で耐え忍んでいるのだ。

無抵抗で、というのがポイントだ。二日酔いを治すためには、水をたくさん飲んだり、サプリメントを摂取したり、風呂に入ったりするのが巷では有効とされているようだが、そんな方法に頼るのは率直に言って素人である。そもそも二日酔いに対しては一切の抵抗を試みてはならない。下手な真似をして二日酔いの逆鱗に触れるようなことがあれば、収まりかけた症状のぶり返しという形で凄惨な報復を受ける羽目になる。無理に二日酔いを抑え込み、調子に乗って外出でもしようものなら、突如として公衆の面前で嘔吐してしまうといった破局的な事態を迎えかねない。二日酔いを甘く見てはいけない。マフィアだと思って接するくらいでちょうどいい。大人しく休日の自由をまるごと差し出して、相手に一刻も早く立ち去ってもらうのが賢明な対応である。

さて、以上を踏まえたうえで、「休日は何をしているのですか」という質問に対する適切な回答を考えてみたい。

まず、正直に「二日酔いに耐えているので何もしていません」とは答えられない。親しい相手に対してならそのように答えても問題ないが、そもそも親しい相手であれば他人行儀に改めて休日の過ごし方を聞いてくることはないだろう。反対に、休日の過ごし方を聞いてくるような距離感の相手に対して、いきなり二日酔いがどうのこうのと答えるのは、さすがにそこまで無頼漢に徹しきれないというか、世間体を捨てきれないところがある。何とも厄介なパラドックスに陥ってしまい、論理構造的にこの回答は成立しないのだ。

では、二日酔いの件は伏せて、端的に「何もしていません」と答えるのはどうか。結論から言うと、これもまずい。こんな答え方をすれば、休日の消費活動を放棄することによって資本主義に対するアンチテーゼを体現しようという、独自の思想を持った人物だと勘違いされてしまうからだ。もしレトリックを弄して「何もしないを、しているのです」などと言っても駄目である。それでは大手広告代理店勤務のいけ好かないコピーライターだと思われてしまう。

ということで、袋小路である。ここまで思索を展開してきて辿り着いた結論は、

「休日は何をしているのですか」と問われたら、もはや私は嘘をつくしかないということだ。どうせ嘘をつくなら、休日はボルダリングでもやっていることにしよう。

② なぜ酒を飲み過ぎてしまうのですか。

これもシンプルだが恐ろしい質問である。この質問は酒飲みに対して高い殺傷能力を持っているのだが、にもかかわらず無邪気に発せられることが多いから余計に恐ろしい。さながら、愛情表現のために人間を抱き締めては怪力のあまり殺してしまう悲しきモンスターのようである。

さて、この質問については、申し訳ないがそんなことを尋ねる方が悪いと言わざるを得ない。というのも、そもそもこの質問に対して明確な返答ができる人間であれば、自分のキャパシティを超える量の酒を飲んでしまうような事態には陥らないからである。さらに言わせてもらうならば、その質問についてはこちらが答えを教えてほしいのだ。二日酔いの朝を迎える度にいつも、なぜ飲み過ぎてしまったのかと自問せずにはいられない。だがそれは、問いを差し向ける相手を間違えている。その答えを知っているのは、飲んでいる最中の自分だけだからだ。そして、酒を飲んでいる最中のどの時点で判断を誤ったのかというのは、考えれば考えるほど深みにはまるような、一種の哲学的難題なのである。

1杯目を飲み始める段階では常に、今日は1杯でやめておこうと思っている。だが1杯目を飲み終わる頃には、2杯目を飲もうと即決している。この場合、2杯目を飲もうと決めたのは1杯目を飲んだ時点の私であって、素面の私ではない。したがって、素面の私には責任を問えない。では、1杯目を飲んだ時点の私に全ての責任があるのかと言えば、もちろんそんなことはない。3杯目を飲む判断を下したのは、2杯目を飲んだ時点の私だからである。1杯目を飲んだ時点の私に「なぜそんなに飲んだんだ!」と詰め寄ったとして、彼は2杯目を注文した点について謝罪することはあっても、それ以降は自らのあずかり知るところではないと抗弁するに違いない。そして、2杯目を飲んだ時点の私を詰問したとしても、結果は同様である。彼は3杯目を注文したことの非は認めつつも、それ以降については管轄外だと言い張るだろう。n杯目を飲んだ時点の私には、n＋1杯目を飲む判断を下したことについての責任しか問えないのである。このようにして、飲み過ぎをめぐる最終責任は、少しずつ酔っ払っていく私（たち）によって順送りにされてしまう。そして、最後の一杯を飲んでいる私を問い詰めたところで、彼は次の酒を頼まないからその点についての責任はないし、むしろそこで飲酒をストップするという英断を下した点において賞賛されるべきだし、そもそも泥酔してふにゃふにゃになっているので責任どうこうといったややこしい話は通じない。結局、いつの時点の私も、飲み過ぎの最終責任を引き受けてはくれないのだ。

では、「なぜ酒を飲み過ぎてしまうのですか」という質問に対してはどのように答えるべきだろうか。まず大前提としては、先述の通り、そんな質問をする相手の方に非がある。とはいえ、それで無視したりごまかしたりするのでは同じ穴の狢《むじな》になってしまう。ここはひとつ大人になって、可能な限り誠実な回答を試みたい。ただ、これもまた先述の通り、論理的に正確な回答を与えようにもそこには根本的な困難を伴う。

そこで、いささかトリッキーな方策にはなるが、ハードボイルドな口調で「飲んでいるときの俺に聞いてくれ」と答えるのはどうだろうか。実際に素面の私は飲み過ぎの責任を全面的に引き受ける主体とはなり得ないのだから、論理的にも倫理的にも間違った回答とは言えないだろう。また、この回答がエレガントなユーモアとして機能すれば社会性も放棄せずに済むし、うまくいけば酒に一家言ある理知的な人物といった雰囲気を醸し出せるかもしれない。

もし、さらに詳しい説明を求められるようなことがあれば、一転して高揚した口調で「酒を飲んで酔っ払っていく私の姿はポストモダンにおいて断片化する自己のアナロジーなのです」と強弁するのはどうだろうか。こう書いている私自身もその意味が十全には分かっていないが、論理の整合性は実のところ二の次であって、とにかく早口でまくし立てて相手に反論の余地を与えないことが肝要である。

万が一、それでも相手が許してくれないのであれば、もはや嘘をつくしかない。ただし、悲しい嘘はやめておこう。何らかの悲劇に見舞われているから飲み過ぎてしまうというのは、確かに相手を黙らせるには十分な説得力を持つが、そうした嘘は酒飲みの矜持を著しく傷つけるものである。できることなら楽しい嘘をつきたい。例えば、「毎日が幸せで仕方ないのでついつい飲み過ぎてしまうのです」といった具合に。なんだかこっちの方が悲しい嘘であるような気もするが。

③ 好きな食べ物は何ですか。

深酒ばかりしていると、こんなありふれた質問ですら恐ろしくなる。好きな飲み物であればいくらでも列挙できるのだが、好きな食べ物というのはなかなか答えにくい。私にとって食べ物というのは、酒との関連によって意味を持つものであり、その点においてあくまで酒の従属変数でしかないからだ。したがって、特定の酒と好んで組み合わせる食べ物はあっても、酒から独立して絶対的に好きな食べ物というのは存在しないのである。

一般的には、まず食べ物があって、それに飲み物を組み合わせようとするだろう。私もある時期まではそうだった。だが、深酒を繰り返すようになってしばらくしたある日、その主従関係が明確に逆転した。先に酒の種類を決めてから、それにマッチした食べ物を選ぶようになったのだ。まさに飲食のコペルニクス的転回である。

飲酒論的転回と呼んでもいい。この鮮烈な転回を経てからというもの、私はすっかり変わってしまった。

第一に、酒を伴わない朝食や昼食に意味を見出せなくなった。「アスリートにとって午前中は排泄のための時間だ」などと言っては朝食を抜き、「今のトレンドは一日一食だ」などと言っては昼食を抜く。正直に言うと二日酔いだから早い時間帯は食欲がないということも多いのだが、酒から独立して存在する食べ物への関心が急速に失われていったのは確かである。

第二に、重たい料理は体が受け付けなくなった。具体的には、ラーメンやカレー、カツ丼といった類のものである。そうした食べ物は、本来は酒に従属する立場であるということを弁えずに自己主張してくるから苦手だ。食べ物の領分というものを理解していないのである。

第三に、できることなら液体だけを摂取して生活したいと思うようになった。よく誤解されるが、私は別に酒以外の飲み物を忌み嫌っているわけではなく、むしろ晩以外はお茶やジュースを好んでがぶがぶ飲んでいるくらいだ。ただ、固体である食べ物は咀嚼を要求してくるから思いのほか大変である。酒とセットであれば、そうした咀嚼《そしゃく》の大変さも容易に喜びへと転化してくれるのだが、食べ物単体ではなかなか厳しいところがある。

こうした事情を踏まえて、「好きな食べ物は何ですか」という質問に対処しようと思うのだが、ここではあえて簡潔に答えることとしたい。私の好きな食べ物は「柿の種」だ。どんな酒のつまみにもなり得るからである。

駄目押しのドライ・マティーニ　幸せな人間に負けるわけにはいかない

何もかも分からなくなりたい

私は昔から、何もかも分からなくなるのが好きだった。

例えば、高校生のときの話である。数学の授業中、ひどい寝不足だったのか、早い段階で居眠りをしてしまった。目が覚めたときには授業がかなり進んでいて、黒板一面に書かれた数式が一つたりとも理解できないという事態に陥っていた。その瞬間、私は焦るどころか、なぜかその分からなさに恍惚《こうこつ》としたのである。それからというもの、私はしばしば数学の時間に居眠りをして、何もかも分からなくなることの愉楽に浸るようになった。目が覚めたときに授業内容が理解できると、安堵するどころか悔しさを覚えるほどに、その陶酔感に病みつきとなった。

また、英語のリスニング試験も私の大好物だった。私は英語の聞き取りが非常に不得手で、ほとんどの言葉が耳から入ってはそのまま反対の耳から出るような有様だったので、何もかも分からなくなることの快楽を存分に味わえたのである。学校の試験ではリスニングの時間が短くて不満だったが、TOEICの試験を受けたときは、四十五分間にわたって何もかも分からない状態が続いたため、もう少しで忘我の境地に達するのではないかというほどに快楽を堪能することができた。

そうした経験を重ねているうちに、私は勉強以外でも能動的に何もかも分からない状態を追求するようになった。「知らない街を無茶苦茶に歩いて意図的に迷う」とか、「内容が微塵も理解できない工学の専門書を読む」とか色々と試したが、一番のお気に入りは「ミステリードラマを終盤だけ見る」というものだった。タイミングを見計らってテレビの電源を入れると、主人公らしき人物が犯人らしき人物を追い詰め、犯人らしき人物が何かを弁解したり白状したり後悔したりしている。どういう事件があったのかすら把握できていないので、そもそも何が謎だったのかが私にとっては謎なのだが、画面を見る限りでは謎が解かれて物語は大団円を迎えている。当然ながらそのカタルシスを私は共有できないけれども、何も分からないいま世界に置いてけぼりを食らうような感覚が、いつもたまらなく心地よかった。

ではなぜ、私は何もかも分からなくなることにそこまで魅了されたのだろうか。おそらくその背景には、何かが分かることに対する根源的な恐怖があったのではないかと推察される。別に私は、社会の構造や他人の心情が分かりすぎて困っていたというわけではなく、むしろそのあたりについては鈍感な方だったと思うが、分かりたくないことが分かってしまったり、永久に分かり得ないことがあると分かったりするのが、恐ろしくてたまらなかったのだ。もちろん、分かりたいことがピンポイントで分かったときはそれなりに嬉しいものの、実際のところそんなのはレアケースでしかない。大抵の場合は何かが分かったところで、分かった喜びよりもそれに伴う弊害の方が大きいものだから、そもそも何かが分かること自体に恐怖を覚えるようになってしまったのである。そして、何かが分かることの副作用を過度に恐れるあまり、その反動で何もかも分からない状態への逃避に快楽を見出すようになったのではないか。以上が現時点における最も有力な仮説である。

そんな私が、大人になって飲酒にのめり込んだのは必然であるように思える。酒を大量に飲みさえすればいつでも、手っ取り早く何もかも分からなくなれるからだ。極限まで泥酔したら、自分が何者なのかも、今が何時なのかも、ここがどこなのかも、一緒にいるのが誰なのかも、一切合切が不明になる。何もかも分からなくなりたければ、酒を飲むのが最も簡単でスピーディーな方法なのである。

そういえば、私は以前に京都で飲み過ぎて泥酔し、何もかも分からなくなった結果、神戸の自宅までタクシーで帰ってしまったことがある。後で聞いたところによると、とんでもない金額になるからやめておけという友人の制止を振り切ってタクシーに乗り込んだらしい。どうやら私は、自宅の近くで飲んでいると錯覚していたようだ。そのときのことはほとんど覚えていないが、どうしてワンメーターで帰れるのにタクシーに乗ってはいけないのかと、友人の制止を訝《いぶか》しんだ記憶はうっすらとある。翌朝目が覚めて、京都からタクシーで帰宅したことに気付いた私は、冷や汗をかきながらスマートフォンで想定料金を調べ、その金額を見て膝から崩れ落ちたのだが、そのあたりについては何も分からないままの方がよかった。やはり何かが分かってしまうというのは恐ろしいことである。願わくはずっと何もかも分からない状態でありたいものだ。

電柱にいきなり抱き付いたとしても法的に問題はないはずだ

酔い方のコントロール不可能性について

人の数だけ酔い方がある、と言ってしまえば悪しき相対主義的主張のように聞こえるかもしれないが、実際に酔い方について個人差が大きいのは事実である。一口飲んだだけで顔を真っ赤にしてギブアップする人がいるかと思えば、いくら飲んでも顔色ひとつ変えずにノーダメージの人もいる。すぐに酔いの絶頂を迎えるロケットスタート型の人もいれば、長い時間をかけて緩やかに酔いを高めていくスロースターター型の人もいる。すぐにスイッチが入るもののそこから安定した酔いをずっとキープできる最新高性能パソコンみたいな人もいれば、長い時間をかけてようやくスイッチが入ったかと思えばすぐさま派手に暴れだすポンコツ中古パソコンみたいな人もいる。酔い始めるタイミングも、酔っていくスピードも、酔ってからの推移も、本当に人それぞれなのである。これればかりは生まれ持った体質によるところもあるので、本人の力で簡単にどうこうできるものではない。

また、同じ人であっても、日によって酔い方は変わってくる。酔い方というのは体調の影響を大きく受けるのだ。私は特にその傾向が強く、日によって、体調によって、酔い方が全く違う。

例えば、最初にビールを二杯ほど飲んだ段階で酔いが回り始め、これは早急に何か手を打たなければならないと思っているうちに手遅れとなり、周りは全員まだ地に足がついている状況だというのに、一人だけ大空へと飛び立ってしまうことがある。一方で、いくら飲んでも不思議なくらい酔わず、周りがどんどん盛り上がっていくなかで取り残され、一人だけ真空に閉じ込められているような孤独を味わうこともある。そうなると、一刻も早く周りに追い付かなければと焦るあまり、ハイペースで酒を呷り始めるものだから、結局は終盤に突如として大空へと飛び立ってしまうことになる。

最終的に行き着くところは同じなのだが、どちらのルートを経由するのかは実際に飲んでみないと分からない。また、好き放題に飲んでいてもおのずから直線的に酔いが増していくという理想的な経過を辿るケースもあるので、私がどのように酔うのかはまさに神のみぞ知るといったところである。要するに酔い方が非常に不安定なのだ。

それでも、曲がりなりにもこれまで飲酒の経験を積み重ねてきたことで、徐々にではあるが、酔い方を安定させる術がいくつか身に付いたようにも思える。まず、酔いの回りが異様に早い場合は、思い切っていったん飲酒を中断し、水を飲むのだ。ある時期までは、飲酒中に水を飲むのは恥ずかしいことだと思っていたが、変な酔い方をして周りに迷惑をかける方がよっぽど恥ずかしいという事実に遅ればせながら気付いたのである。ひとまず水を飲んで酔いが落ち着くのを待って、そこからまた飲酒を組み立て直せばいい。また、酔いの回りが遅い場合には、反対にいったん途中で強い酒を入れるのだ。そして、そこで気分が高まってきたならば、調子に乗らずすぐさま元の酒に戻す。この機敏な切り替えがポイントである。そうすれば、多少は酔い方がバタつくものの、その後は安定した高揚感を味わうことができるのである。

ただ、偉そうに講釈を垂れたものの、私自身こうした方策を毎回きちんと実践できているわけではないし、実践できてもそれが功を奏するかはまた別問題である。そもそも、酔い方をコントロールするというのは原理的に不可能であるように思われる。考えてみてほしい。AがBをコントロールするという場合、Aは正常であることが前提となっている。騎手が馬をコントロールするという場合であれば、騎手は正常でなければならない。しかしながら、酒飲みが酔い方をコントロールするという場合、そのAが正常ではないのだ。騎手と馬の例で言えば、騎手が骨折していたり錯乱していたりするわけである。それでは馬をコントロールすることなどできるはずがない。酔い方をコントロールしようとする試みは、そうした原理的な困難を内包しているのだ。したがって、先述した飲み方のテクニックにしても、酔い方の不確実性を少しばかし和らげる程度のものでしかないのである。

このように言うと、「だったら飲まなければいい、飲まなければ酔いに振り回されることもない」といった反論をしてくる人がいるが、それは詭弁である。不調に苦しんでいる野球のピッチャーに対して、「だったら投げなければいい、投げなければ打たれることもない」と諭すようなものだ。あるいは、投資対象の選定に悩んでいるファンドマネージャーに対して、「だったら投資しなければいい、投資しなければ損失を出すこともない」と助言するようなものだ。「だったら飲まなければいい」という主張は逃げの論理でしかなく、問題から目を背けているだけであって、決して問題の解決をもたらすことはない。動かしようのない厳然たる事実として、私は酒を飲むのである。そして、人類がこの世に存在する以上、一部の人間は酒を飲むのである。そうであれば、私および酒飲みの同志たちは、酔いという怪物を相手に、勝ち目がないことは百も承知で、戦いを挑んでは敗れ続けるという、絶望的な営みを引き受けなければならない。酒飲みとは因果な生き物なのである。

雲の上で雨に打たれているような酔い方だった　それでもよかった

飲酒の心得十カ条

第一条

生きて帰る

結局のところ、飲酒の心得はこれに尽きるといっても過言ではない。飲酒に限ったことではなく、何事も「命あってこそ」である。飲酒による急性疾患や事故、トラブルによって命を落としては元も子もない。「家に帰るまでが遠足」であるように、「家に帰るまでが飲酒」なのである。ただ一方で、生きて帰りさえすれば、それは酒飲みにとっての勝利である。無事に帰宅することができた暁には、勝利を祝してもう一杯飲もう。

第二条
外で寝ない

これは前条に付随することだが、家に帰るのが面倒だからといって絶対に外で寝てはいけない。冬であれば凍死の危険があるし、路上であれば轢死《れきし》の危険がある。また、財布を盗まれるようなことがあれば、肉体的には無事でも経済的に死にかねない。酒を飲むとどうしても家に帰るのが億劫になるということであれば、自宅の近所に泥酔可能な店を確保しておこう。遠方で飲んでいても早めに切り上げて、最後は近所のその店で極限まで飲むようにすれば、外で寝てしまう可能性はぐっと低くなるだろう。

第三条
階段に気を付ける

これもまた第一条に付随することだが、階段にはマジで気を付けなければならない。階段から落ちて頭部を負傷すれば、人間は思ったよりもあっさりと死んでしまう。実際、飲酒界の先達である中島らもがそのようにして亡くなっている。それが名誉の殉職のようで格好いいと思う向きがあるかもしれないが、それは中島らもだから格好いいのであって、我々一般人が憧れるべきものではない。恥ずかしながら私も泥酔時に階段から落ちて死にかけたことがあるので、この心得については自戒を込めて強調しておきたい。

第四条

擦り傷までは甘んじて受け入れる

前条までに述べてきたことをひっくり返すようだが、身の安全ばかりに気を取られて酒を楽しめないのであれば本末転倒である。酒を飲むならば擦り傷までは仕方ないものと受け入れて、気を楽にして酔っ払おう。打撲を甘受すべきか否かについては酒飲みの間でも見解の分かれるところであるが、私としては打撲は回避すべきだと考えている。打撲を認めてしまうと、「捻挫くらいはいいいか」「剥離骨折まではいいか」となし崩し的に心のタガが外れていくからである。飲酒時の怪我は擦り傷までにとどめておこう。

第五条 法は犯さない

酒の席には粗相がつきものだが、法を犯すような真似は許されない。我々は飲酒によって、社会に蔓延《はびこ》る硬直的な道徳規範の打破を目論んでいるのであって、法的秩序と真っ向から対決するようなアナーキズムを志向しているわけではないからである。酔っ払って多少の失態を演じることがあったとしても、善良な市民として法律だけは守ろう。もし過去の違法行為を武勇伝のように語る不逞《ふてい》の輩がいれば、合法的な範囲内で滅茶苦茶に非難してやろう。

第六条

酔った勢いでSNSに投稿しない

これは私自身が守れていないので、どの口が言うかと叱られそうだが、できれば守った方がいいのは間違いない。今の時代はスマートフォンという便利かつ厄介なものがあるから、飲酒中であっても容易にSNSへ投稿できてしまう。素面で書き込んだ内容でも炎上することがあるSNSというものに、判断力が劇的に低下している飲酒時にアプローチするのは危険すぎる。飲酒時は可能な限りSNSの利用を避けるべきだが、もしどうしても投稿したいというのであれば、「おさけだいすき！」といった無内容なものにしよう。

第七条

タクシーに乗る際は運転手に目的地をはっきりと告げる。

いきなりピンポイントの内容になって恐縮だが、非常に重要なことである。合意の上で一緒に飲んでいる仲間同士であれば、多少の粗相は互いに許し合うべきだろうが、タクシーの運転手は純粋な第三者である。運転手を巻き込んで、迷惑をかけるようなことがあってはならない。酔ってタクシーで帰るならば、残された力を振り絞って舌を動かし、運転手に目的地を明確に伝えよう。かつて私が泥酔してタクシーに乗った際、呂律が回っていなかったため運転手に外国人と勘違いされ、不慣れな英語で何度も行き先を尋ねられるということがあった。本当に申し訳なかった。

第八条

汚れてもいい服を着る

酔っていると手元も口元も覚束なくなるから、こぼした飲食物で服を汚しがちである。お気に入りの白いシャツなどを着て飲酒しようものなら、翌日はシミの付着に気付いて落胆すること間違いなしである。ただでさえ飲酒した翌日は二日酔いで大変だというのに、追い打ちをかけられることになりかねない。だから、飲みに出かけるときは汚れてもいい服を着ていこう。飲酒はある意味で激しい運動だから、ロッククライミングでもやるつもりで服装を選んだ方がいいだろう。

第九条

肝臓に感謝する

何事においても感謝の心は重要である。一緒に飲んでくれる仲間や、酒と料理を提供してくれる店に感謝するのは当然として、自らの肝臓に対しても感謝の念を失ってはならない。肝臓が文句ひとつ言わず淡々と深酒の後始末をしてくれるのを、決して当たり前だと思ってはいけないのである。日頃の感謝の気持ちを、心で思うだけでなく、きちんと声に出して伝えよう。気持ちは言葉にしないと伝わらないというのは、肝臓が相手でも同じである。いつもありがとう、肝臓。

第十条

飲み足りずに後悔するくらいなら飲み過ぎて後悔する

まだ飲み足りないがほどほどにして切り上げるというのは、社会人としては実に結構なことだが、酒飲みとしては恥辱でしかない。「やった後悔よりやらなかった後悔の方が大きい」という人生訓は飲酒にも当てはまる。「もう少し飲めばよかった」という後悔は、無自覚のうちに少しずつ精神に蓄積され、いつの日か酒飲みとしての矜持を崩壊させるだろう。一方で飲み過ぎて後悔した場合は、いったん心身に大きなダメージを負うものの、比較的短期間で飲酒に復帰することができる。どうせ後悔するなら、飲み過ぎて後悔した方がいい。共に行けるところまで行こうではないか。

第二章 実践編

はじめてのでいすい

現在の私を知っている人には信じてもらえないかもしれないが、私は二十歳を過ぎてもしばらくは酒をあまり飲まなかった。全く飲まなかったわけではないが、飲み会等のイベントがあるときに限って二、三杯ほど、チューハイやカクテルを飲む程度だった。当時は酒をそれほど美味しいとは感じなかったし、酒を飲むことの意義も理解していなかったのである。おそらく、その頃はまだ魑魅魍魎が跳梁跋扈する狂瀾怒濤の現代社会に揉まれる前だったので、酒を飲む必要に迫られることはないくらいに平穏な生活を送れていたのだろう。

だから、私が初めての泥酔を経験するのは比較的遅かった。周囲の知人たちは大抵、大学の新歓コンパで早々に初めての泥酔を経験していたものの、私は一般的な学生生活からは遥か遠く離れたところにいたので、そうしたイニシエーションを受けていなかったのだ。このまま自分は泥酔と無縁のまま生きていくのだろうかと感じ始めていたあるとき、事故と呼んでもいいような不測の出来事によって私は泥酔を経験することになる。

それは、とある友人の自宅に数人でそれぞれ酒を持参して飲むという、いわゆる「宅飲み」でのことである。私も缶チューハイを買って馳せ参じた。乾杯を済ませた後は、しばらくみな自分が買ってきたものを飲んでいたのだが、参加者の一人に多種多様な酒を大量に持参した猛者がいて、次第に彼から酒を分けてもらう流れになった。そして、私に支給されたのはなぜかウイスキーのボトルだったのである(確かサントリーの角瓶だったと思う)。当時、我ながら世間知らずすぎて呆れるが、私はウイスキーがどのような酒か全く知らなかった。そのため、チューハイとさほど度数が変わらないだろうと思って、あろうことか紙コップにウイスキーをドボドボ注いでガブガブ飲んでしまったのである。違和感を覚えて飲むのをやめてもよさそうなものだが、私は間抜けにも「変わった味の酒だなあ」くらいにしか思わず、ストレートのウイスキーをハイペースで飲み続け、当然のように泥酔した。

ウイスキーを飲んでからの記憶はほとんどないのだが、同席者に後で聞いたところによると、私は突然テーブルの上に正座して演説のようなことを始めたらしい。

そして内容はと言えば、「今日は母性記念日だ！」などと意味不明なことを口走っていたそうである。いくら仲間内の飲み会とはいえ恥ずかしい限りだった。

そうした予期せぬ形で泥酔デビューを果たした私は、それがきっかけかどうかは分からないが、二十代半ば頃からしばしば大酒を飲んでは泥酔するようになる。あの日の宅飲みでウイスキーを飲まなかったら、と夢想することもないではないが、たられば を言っても仕方がない。時間は巻き戻せないのだから、自らの現状を真摯に受け止めて、これからも全力で飲酒に励むのみである。

そして、まだ泥酔デビューを果たしていない読者の方には、恐縮ながら先輩として最後に激励の言葉を授けたい。今となっては毎晩のように泥酔している私も、思い返せばデビューは遅かったのだ。酒飲みの中では遅咲きの苦労人、大器晩成型である。だから、まだ泥酔したことがない人も、決して焦る必要はない。私のように、想像もしなかった形で初めての泥酔を経験するケースもある。泥酔の世界は思いがけないところで口を広げて人間たちを待ち構えているのだ。自分は泥酔とは無縁だと思っている人も、すぐ身近にその世界の入口が潜んでいるかもしれない。その先に広がっている、沃野でもあり荒野でもあるようなワンダーランドにおいて、いつの日か一緒に呂律の回らない口調で訳の分からない話をしようではないか。

単に酒が管を通過するだけなのに酔いという脳の自意識過剰

沖縄でのゼミ合宿中に泡盛を飲み過ぎて嘔吐するに至った経緯

大学生のときに所属していたゼミでは、場の雰囲気が非常に重んじられていた。もっと言えば、楽しげな雰囲気の醸成がゼミの最優先事項となっていて、それが学問的探究よりも優先されていた。例えば、誰かが研究発表をしていると、どこからともなく野次が飛んだり茶々が入ったりして笑いが起こる。また、ゼミ生同士では親しみを込めて互いをあだ名で呼び合うことがルールとなっていた（私も「みたっち」と呼ばれていた）。今振り返れば大学のゼミとしては異様な状況に陥っていたわけだが、それにはある程度はやむを得ない事情もあった。というのは、そもそも教授の設定したゼミの研究テーマが「対面的コミュニケーションの場における雰囲気」だったからである。確かに、理論的な研究に終始するのではなく、その実践として日常生活における雰囲気にも気を配るべきだというのは、理解できる道理ではある。実際、教授からは常々そのように指導されていた。それをゼミ生たちが遵守した結果、前述のような事態が生じていたわけである。

理論だけでなく実践もまた重視すべきだという考え自体は、問題ないどころかむしろ望ましいものだろう。問題は、理論よりも実践の方が優先されすぎていたことである。これは他の研究に置き換えて考えてみれば分かりやすい。例えば、統計学の研究対象として麻雀を取り上げるのは問題ないし、実際にプレーしてデータを収集したり仮説を検証したりするのも結構だが、純粋に麻雀を楽しむことしかしなくなったら終わりである。それと同じで、いくら「対面的コミュニケーションの場における雰囲気」を研究対象としているゼミだからといって、理論的探究から離れて純粋にその場の雰囲気を楽しんでいるだけになってはいけないのだ。

そして、そのようなゼミに極度の内向的人間である私が馴染めたとお思いだろうか。お察しの通り、私はそのゼミで無茶苦茶に浮いていた。教授の掲げる研究テーマに学問的関心を刺激されたという理由だけでゼミを選んだので、ゼミ内での人間関係にまで考えが及ばなかったのである。私がゼミで発表する度に内容と関係のないツッコミを入れられ、それに対して気の利いた返答が思い付かず口ごもってしまう。何かボケろと言わんばかりにふざけた質問をされても、「ここでの現象学的記述というのはハイデガーではなくフッサールに依拠しているので、そういった存在論的な方向へ議論を展開すべきではありません」などと返答してしまう。これでは私がゼミで浮くのも無理はなく、次第に私と積極的に話そうとする者はいなくなった。何か事務的な用件があれば声をかけられたが、その際の「みたっち」というあだ名のポップさと声の冷たさとのギャップに、私はいつもいたたまれない気持ちになるのだった。

それでも、ゼミが開かれるのは週に一回の三時間だけだったから、どうにかやり過ごすことができた。年に数回はゼミの飲み会があったが、酒は全ての苦痛を和らげてくれるから、それもまたなんとか乗り切ることができた。ただ、一つだけ、ゼミで浮いている私にはあまりにも過酷な行事があった。それは、四年生の夏にゼミ生全員で行く二泊三日の沖縄旅行だった。嫌なら行かなければいいだけだと言われそうだが、授業の一環として参加が義務づけられていて、行かないという選択肢はなかったのである。

正直に言えば、沖縄で様々なイベントを一緒に経験するという非日常的な状況が、私をゼミに溶け込ませてくれるのではないかという、淡い期待もあるにはあった。

だが、初日の段階でそんな期待は無残にも打ち砕かれた。旅行先の沖縄でも私は他のゼミ生たちのノリに馴染むことができなかった。どんな場所に行こうと、どんな経験をしようと、私がゼミで浮いているという事実は確固たるものとして微動だにしないのだった。考えてみれば当たり前の話である。三年生の四月から一年と数カ月経ってもゼミに溶け込めなかった人間が、たかだか二泊三日の沖縄旅行で突如としてゼミに受け入れられるなどといった事態は夢物語でしかない。いくら魅力的な地である沖縄とはいえ、そこまでのパワーはなかったのだ。

そして初日の夜、沖縄旅行における私の敗北を決定づける悲劇が起きる。一日の締め括りとして沖縄料理屋で開かれた飲み会でのことだ。私は一日中極度の精神的緊張を強いられていたわけだが、そこにアルコールのお出ましである。私には店に並んでいる酒瓶が全て頼もしい救世主に見えた。ビールを一口飲むと、その日初めて精神に安寧が訪れた。そこで私は、酒の力を借りればまだ挽回できるかもしれない、と迂闊にも思ってしまった。せっかく沖縄に来たのだからということで、泡盛をボトルで注文し、ストレートでぐいぐい飲んだ。これで場も盛り上がってきた、と気分は陽気で楽しい人間だ、ようやくゼミの一員として迎え入れられるのだ、と気分が高揚したのも束の間、記憶があるのはそこまでである。翌朝、私はホテルの部屋の隅で、自らの吐瀉物にまみれた状態で目を覚ますことになる。

他のゼミ生に恐る恐る聞いた話によると、事の顚末はこうである。泡盛を飲み過ぎた私は、早々に酔い潰れてしまった。その私をホテルの部屋で休ませようと、責任感の強いゼミ長が私を背負うようにして店を出て、ホテルへ連れ帰ろうとした。その道中で、私が突発的に嘔吐したのである。ゼミ長は私が嘔吐する直前に異変を察知して、吐瀉物を間一髪のところで回避したらしいが、私自身は衣服をひどく汚してしまった。ゼミ長もさすがに愛想を尽かして、ホテルの部屋に私を運んだ後は、すぐに飲み会の会場に戻ったそうだ。

もちろん、こうなれば悪いのは完全に私である。この失態については面目次第もないとしか言いようがない。特に、泥酔した私をわざわざホテルまで送り届けてくれたのに、それに対して嘔吐という形で報いてしまったゼミ長には、謝罪の言葉も思い付かないほど申し訳なく思っている。そして、泡盛の度数の高さを見くびっていたことについても反省しきりである。

その後の二日間、私がどのような状況に置かれたのかについては改めて述べるまでもないだろう。着替えは持ってきていたので衣服の方は問題なかったが、ゼミ生たちの私に対する態度と視線は以前にも増して冷たくなり、夏の沖縄の陽気との コントラストが実に鮮やかであった。ただ、ゼミ生たちとの関係が完全に修復不能となったことで、どこか清々しい気持ちになったのも事実である。ゼミ生たちに気を遣う必要がなくなったおかげで、私は一人ゆっくりと沖縄の自然を満喫することができた（と、思いたい）。

これを書いている現時点において、酒を飲み過ぎて人前で嘔吐したのはあのとき限りである。そして、泡盛はあれ以来飲んでいない。

吐き過ぎないほうがいいだろう食道が裂けると愛が漏れてくるから

一年間にバーでウイスキーのボトルを百本空けるに至った経緯

二〇一六年は私にとって記念すべき年だった。一年間にウイスキーのボトルを百本空けたからである。これだけを書くと、酒豪の読者には「それがどうした、大した量ではない」と言われてしまうかもしれない。だが、私の飲み方の特異性は、単に量が多めだったというだけでなく、同じ店で同じ銘柄のウイスキーを百本空けたという点にある。具体的に言えば、自宅近くのバーで、「ジェムソン」というアイリッシュ・ウイスキーのボトルを一年間に百本空けたのだ。

二〇一六年の私は仕事が完全に行き詰まっていて、その苦しみがいつ終わるのか全く先の見えない状況にあった。当時は短歌とは無縁であったし、趣味らしい趣味もなかった。元来は読書が趣味だったが、当時は精神的に追い詰められていて文字を追うこともままならなかった。また、何らかの運動をした方がメンタルヘルス的に好ましいことは分かっていたものの、仕事終わりに運動をするような体力が私にあるはずもない。そもそも、運動をするためには体力が必要であり、体力がゼロの人間は運動を始めることすらできないという論理的困難が存在する（「服を買いに行くための服がない」と同様の現象である）。趣味や運動で気晴らしができないとなれば、もはや酒を飲むしかない。私は仕事が終わってから寝るまでの時間、ひたすら飲酒に没頭することとなった。

最初のうちは、仕事が終わったらまず食事も兼ねてどこかの居酒屋で飲み、適当なタイミングで自宅近くのバーに移動してさらに飲む、ということをしていた。ただ、そんなことを繰り返していたら所持金の減り方も激しいし、ある頃から一軒目の居酒屋を探すのが面倒になってしまった。そこで、私は次のような飲酒スタイルを確立した。まず、仕事が終わり次第、リーズナブルなことで有名な某イタリアンレストランチェーンで、何か一品だけ注文して腹ごしらえをする。食べ終わったらすぐに退店し、自宅近くまで移動して、例のバーに飛び込む（このあたりはスピード感が重要である）。そして、そこからはボトルキープしてあるジェムソンを水割りでひたすら飲み続けるのだ。なぜジェムソンなのかと言えば、そのバーでボトルキープできる酒の中で一番安かったからである。なぜ水割りなのかと言えば、その方が長時間飲めるからである。

この飲酒スタイルの確立によって、以前よりは出費を抑えられるようになった。そして何より、余計な選択に頭を使わずに済む分、飲酒に集中できるようになった。スティーブ・ジョブズがビジネスに集中するため黒のタートルネックしか着なかったのと似たような話である。

バーはいつも同じ店で、ジェムソンの水割りしか飲まない。酒量は制限しなかったが、このルールだけは自らに厳しく課した。こうなると飲酒はいよいよ修行の様相を呈してくる。徹底したルーティンはほとんどアスリートのそれであったといっても過言ではない。快楽主義を追求した結果、逆説的にも禁欲主義へと行き着いたわけである。また、徐々に私の飲酒はそれ自体が目的と化してきた。飲酒の自己目的化とでも言おうか。当初からあまり酒を味わうということはなく、「酔うために飲む」ようなところがあったが、それがさらに発展して、「飲むために飲む」という領域に入ったのである。

このように書くと、私の飲酒が非常に孤独なものであったと思われそうだが、実はそうでもなかった。私は連日バーにいるものだから、他の常連客とよく会話を楽しむようになった。マスターは私の飲み方について苦言を呈することもなく、温かく見守ってくれた。というか、マスターは毎晩泥酔して記憶を失くすタイプのバーテンダーだったので、私の飲み方を咎めることができなかったのだ。そしてある頃から店内で、私が一年間にジェムソンのボトルを何本空けるのかということが話題になり始め、どうせなら百本を目指そうというムードが醸成されてきた。常連客はそれを応援してくれるようになり、私も期待に応えるべくストイックにジェムソンを飲み続けた。マスターも空になったボトルを窓際に並べて、雰囲気を盛り上げてくれた。

ところが、私とマスターはいつも二人揃って泥酔するうえに、窓際に並べていた空き瓶を酒屋さんに回収されるというハプニングもあり、途中から空けたボトルの本数が分からなくなってしまった。徐々に私のボトル百本チャレンジが店内で話題に上ることも少なくなり、いつしか私自身もその件をすっかり忘れ、以前と同じく目標も意義もなしに淡々とジェムソンを飲み続けるようになっていた。

そのまま年末になり、バーで常連客と一年を振り返っていると、ふと私のボトル百本チャレンジの話になった。そんなこともあったかと店内は遥か昔を懐かしむような空気に包まれたのだが、客の一人が、せっかくだからチャレンジの成否を明らかにしようと言い出した。露骨に面倒臭がるマスターに頼み込み、私が一年間に空けたボトルの本数を仕入れの記録等から概算してもらった。すると、正確な本数は分からないものの、百本を少し越えているのは間違いないことが判明した。私は知らず知らずのうちに、一年間に一軒のバーでジェムソンのボトルを百本空けるという快挙を成し遂げていたのである。もし百本という目標を意識し続けていたら、途中で嫌になってチャレンジを投げ出していたかもしれない。まさに無欲の勝利といったところだろうか。

翌二〇一七年、私がそのバーで飲むジェムソンの量は激減した。それは前年に目標を達成して燃え尽き症候群に陥ったからでもなければ、仕事の状況が好転して将来の見通しが立ったからでもない。仕事上でのトラブルが頻発して、飲酒に充てる時間が十分に確保できなくなったからである。ただ、理由は何であれ、二〇一六年のような飲み方を翌年も続けなかったことで、私は決定的な破滅を免れたのではないかという気がしている。もし二〇一七年以降もあのバーで年間百本のジェムソンを飲み続けていたら、というのは想像するだけで恐ろしい話である。

自己という虚空に酒をぶち込めば涙の代わりに尿が出てくる

博多で飲み過ぎて路上で転倒し後頭部を六針縫うに至った経緯

二〇二二年の四月某日、突発的にSNSのダイレクトメッセージで詩人のIさんに「明日にでも博多で飲みませんか」と誘ったのは、私の中の衝動がそうさせたとしか言いようがない。Iさんも面食らったに違いない。なにせ、Iさんは博多在住だが、私は神戸在住だった。そして何より、私とIさんはその時点で、SNS上では大酒飲みの同志として時折やり取りをしていたものの、直接会ったことはなかったのだ。普通であればもっと段階的に距離を縮めてから、じっくりと初対面の日時を調整するのがセオリーであろう。だが、そのときの私にそんな精神的余裕はなかった。コロナ禍も丸二年が経って完全な終息は望み薄となっていた一方で、一時的に感染の波が収まって飲食店への時短営業要請がようやく解除されたというタイミングで、Iさんと博多で飲むなら今しかないという強烈な焦燥感に突如として襲われたのである。この機会を逃したらもう二度とIさんと飲めないかもしれないという、今となっては極端としか思えないような危機感が、私にIさんを博多での飲酒に誘うよう促した。そして、Iさんは急な誘いにもかかわらず、快くそれに応じてくれた。

夜の七時から博多で飲む約束をして、当日はぎりぎりそれに間に合うくらいの時刻に家を出た。早めに博多に着いて観光などをするのは、Iさんに対して、ひいては酒に対して、誠実さを欠くように思われたからである。博多に着いたらホテルのチェックインだけ済ませて、すぐに待ち合わせ場所へと向かった。

待ち合わせ場所でIさんと初対面を果たし、近くの焼鳥屋へ向かった。詩人の印象についてこんな表現しか思い付かないのは恥ずかしい限りだが、Iさんはとても優しい人だった。温厚で話しやすく、年下の私にも気を遣ってくれた。酒も焼鳥も大変に美味しかった。途中からIさんの友人二人も加わり、場はますます盛り上がった。

全てが順調に思えた。問題など何もないはずだった。ただ、あのとき一つだけ違和感を覚えていたのは、体調が良すぎたことである。それのどこがいけないのかと問われそうだが、日常的な大量飲酒により体調不良がデフォルトと化している私にとって、体調が良いというのはそれだけで大きな異変である。そして、その日は酒席の楽しさも手伝ったのか、かつてないほどに体調が良く感じられた。今振り返ってみれば、それがその後のアクシデントへと繋がったように思えてならない。

これはあながち根拠のない憶測とは言えない。調子が良すぎるとかえって悪い結果に終わるというのは、どの分野でもしばしば生じる現象だからである。例えば、プロ野球のピッチャーでも、試合前の投球練習では調子が良かったのに、いざ試合に入ると早いイニングでノックアウトされるというケースが時折見られる。その理由としては、もちろん様々なファクターが絡んでいるのだが、大きな一因として「調子が良いと飛ばしてしまうから」ということが考えられる。体が思い通りに動くとついつい気持ちよく全力で投げてしまい、結果的に早々と疲労がピークに達してパフォーマンスが落ちるという道理である。そして、同様の現象が私の身にも起きたのではないかと推測される。事実、私は体調が良いものだからいつもよりハイペースで飲んでいたように思う。

また、体調が良ければ酔いにくいかと言えば、決してそんなことはない。体調が良ければ内臓がスムーズにアルコールを吸収するので、むしろ酔いやすくなるのだ。酒は体調が悪くても酔いやすいが、体調が良くても酔いやすい。飲酒に限って言えば、体調は普通であるに越したことはないのだ。

こうした理由もあってか、特に異常な量を飲んだわけではないにもかかわらず、私は博多でかつてないほどに泥酔してしまう。次に気が付いたときには、ホテルの部屋のトイレの床に座り込んで、後頭部からの出血をなんとか止めようと奮闘しているところだった。

私が完全に意識を失っていたわけではないことは、トイレットペーパーの消費量から窺えた。チェックインの際には新品が2ロールあったはずだが、それが尽きようとしていた。どうやら、トイレットペーパーを手に巻き取っては、それで後頭部の出血箇所を押さえ、ある程度の血が染み込むと便器に流し、再度トイレットペーパーを……、ということをずっと繰り返していたようだ。そして、時計を見るともう早朝で、解散してから既に数時間は経っていた。そんな長時間止血を試みても徒労に終わるほど、後頭部の傷は深かった。出血はまだ続いていた。奇跡を信じてもう少しだけ傷口の圧迫を続けたものの、出血は止まる気配すらなく、トイレットペーパーが尽きた時点で観念し、電話でフロントに助けを求めた。

部屋に来たホテルマンは、救急箱を持ってきていたものの、私の後頭部を見るなりそれが全く役に立たないことを悟ったようだった。最も近くにある救急病院の場所を伝えられ、ただちに行くよう促された。もらったティッシュで傷口を押さえながら、ロビーでチェックアウトを済ませ、徒歩で救急病院へ向かった。

病院ではすぐに診察と検査を受けることができた。幸い脳に異常は見られなかったものの、傷が深いので縫合処置をしてもらうことになった。数日前に床屋で髪型を整えたばかりだったので、傷口の周りの毛髪をハサミでジョキジョキ切られるのは悲しかったが、そんなことを言っていられる状況ではない。医師は続いて私の後頭部に局所麻酔の注射を打ち、傷口を五針縫い、少し様子を見て、もう一針縫った。

傷口のガーゼを固定するため、よく球形の果物に巻かれているネットのようなものを頭部に被せられた。そのまま会計を済ませ、病院を出たのだが、その段階で初めて服が血まみれになっていることに気付いた。この状態で公共の場に出ていいのかと思いつつ、博多駅まで歩いて新幹線に乗った。ジャケットが黒色だったために付着していた血が目立たなかったことと、新幹線がガラガラだったことに救われて、血まみれだとは誰にもバレずにどうにか新神戸駅まで辿り着けた（衣服の血液は乾いていたので座席も汚さずに済んだ）。

そこからさらに公共交通機関を使うのはさすがに憚《はばか》られたので、恥を忍んで母に車で迎えに来てくれるよう電話で頼んだ。母は渋々承諾したのだが、何を勘違いしたのか、手ぶらで電車に乗って私を迎えに来た。私が迎えに来てほしかったのは、寂しかったからでも帰り方が分からなかったからでもなく、この姿では電車にもバスにも乗れないからだということを母に改めて説明しつつ、結局母と二人でタクシーに乗って帰った。

あの日、どのようにして怪我を負ったのかは未だに分からないままである。スマートフォンのGPS機能を使ってその日の足取りを調べてみると、奇妙なことにホテルから一キロほど離れた地点で履歴が途絶えている。どこかで転倒したのはほぼ間違いないが、確かなことは何も分からない。ただ、当時の体の傷や痛みの分布から推察するに、どうやら背中を反らせた姿勢で後頭部から地面に着地したようだ。一人で頭から後ろ向きに倒れ込むという、いわば「一人バックドロップ」の状態である。命に別条がなかっただけでもありがたいと思わなければならない。そして、ホテルの従業員や救急病院の医師にはこの場を借りて謝罪と感謝の意を伝えたい。

Iさんとはあれから、彼が関西に来たタイミングで何度か一緒に飲んだものの、博多で再び飲もうという話にはなっていない。

足首がベロベロなんだ幸せの方がこっちに歩いて来いよ

第三章

応用編

私は健康である

この本の読者を含め、私の酒好きを知っている人からは意外に（あるいは残念に）思われるかもしれないが、私は健康診断で異常を指摘されたことがない。それはそもそも健康診断を受けていないからだ、といった統計のマジックみたいな話ではない。定期的に健康診断を受けてはいるものの、本当にいつも異常が見つからないのである。私の体は現時点でハチャメチャなことにはなっていないので、その点についてはひとまずご安心いただきたい。

だが一方で、私の体が正常なのかと問われれば、それはそれで答えに窮してしまう。異常がないということは、消極的にではあるが、一応は正常だと規定されるのかもしれない。ただ、正常の中にもグラデーションがあって、私の体はどこに位置するのかと言えば、限りなく異常に近いところにいるような気がする。これまで様々な危機を迎えつつも、それに対して手を替え品を替えあらん限りの弥縫策《びほうさく》を講じることで、どうにか土俵際で正常の範囲内に踏みとどまっているというのが、私の体についての的確な認識だと言えるだろう。

そのあたりの経緯について、もう少し具体的かつ詳細に述べたい。私が日常的に飲酒するようになって、最初に悩まされたのは逆流性食道炎である。当時私は、チューハイやハイボールといった、炭酸のたっぷり入ったものを好んで飲んでいた。その炭酸が胃酸の逆流を促し、食道の炎症を引き起こしたのだ。胸部の痛みが気になって医師の診察を受けると、幸いにもまだ軽度の逆流性食道炎とのことで、禁酒の必要まではないが炭酸は控えるようにという指示を受けた。私はその指示を忠実に守るべく、チューハイやハイボールは控え、焼酎やウイスキーをできるだけロックか水割りで飲むように心がけた。すると、それが功を奏して逆流性食道炎の症状はかなり軽快したのである。

ところが、これでめでたしめでたしとはならなかった。知らず知らずのうちに、今度はγ-GTPの数値が基準値ギリギリにまで上昇していたのだ。γ-GTPとは、簡単に言えば、アルコールによって肝臓がどれだけ傷んでいるのかを教えてくれる指標である。焼酎やウイスキーの飲み方を、チューハイやハイボールといった薄めの炭酸割りから、度数の高いロックや水割りへと変更した結果、アルコール成分の総摂取量が増えてしまった。それにより、シンプルに肝臓への負担が大きくなっていたのである。その事実を知った私は、肝臓へのダメージを減らすため、ウイスキーや焼酎は可能な限り我慢して、度数の低いビールをひたすら飲み続けるように努めた。すると、次の健康診断では、目論見通りにγ-GTPの数値が半分ほどにまで下がってくれた。

しかしながら、それもまた手放しでは喜べなかった。というのも、今度はビールを飲み過ぎたために、ノーマークだった尿酸値が基準値ギリギリにまで上昇していたのだ。いつ通風を発症してもおかしくない状態だった。せっかく焼酎やウイスキーを我慢したというのに、あちらを立てればこちらが立たずで、まるでモグラ叩きではないか。会社でよく見られるような負担の押し付け合いが内臓同士で起こっていて、勝手に俺の体の中に人間社会の縮図を描くなよと憤った私は、もう健康のために酒の飲み方を考えるのはやめることにした。飲みたい酒を飲みたいだけ飲むようにしたのである。

これでもう健康とはお別れだと吹っ切れていたのだが、意外にもそれからというもの、アルコールの負担が体内でうまい具合に分散されたのか、健康診断の数値は全て程よいところに落ち着き、体調に大きな異変を感じることもなくなった。これは単なる偶然というよりも、内臓たちの自発的な努力によるところが大きいと思われる。私の体内で起こったことを改めて会社で喩えてみるならば、社長が独断で強引に仕事を振り分けていたせいで、社員同士で負担の押し付け合いが生じていたが、社長が突如として仕事の振り分けを完全に放棄したところ、社員たちが自社の危機を感じ取り、一致団結して能動的に協働し始めた結果、あらゆる業務が円滑に進むようになった、といった感じだろうか。

自分は何もしない方が会社は順調に回るという事実を突き付けられた、想像上の社長の悲哀に思いを馳せつつ、私はこれからも酒を飲み続けよう。会社であれば、社員たちだけで業務の分担のみならず営業や受注までこなすようになり、本当に社長が全く不要になるといった事態も生じ得る。だが、少なくとも飲酒に限っては、仕事の分担は内臓たちで自発的に連携してうまくやってくれるとしても、仕事を持ってくること自体は私にしかできないのだ。

休肝日にするとその日が他の日から仲間はずれにされそうだから

野球のピッチングと飲酒の類似性について

テレビのプロ野球中継を観る度にいつも思うのは、ピッチングと飲酒には共通点が多いということである。

最初から最後まで淡々と投げ抜くピッチャーもいれば、立ち上がりが弱いピッチャーもいるし、終盤に崩れがちなピッチャーもいる。これは酒飲みでも人によって酔い方が大きく異なることに似ている。ずっと顔色ひとつ変えないで寡黙に飲み続ける者もいれば、酔い始めるのは早いもののそこから驚異の粘りを見せる者もいるし、そろそろお開きというタイミングになって急に乱れだす者もいる、といった具合にである。

また、その日の調子に合わせて臨機応変にスタイルを変えるべきなのも、ピッチングと飲酒の共通点だ。ストレートの調子が悪い日にピッチャーが変化球中心の投球をするように、酔いの回りが早い日に酒飲みは弱い酒や水を多めに飲むのである。

さらに言えば、加齢によってスタイルの変更を余儀なくされるというのも、ピッチングと飲酒に共通するところだ。若い頃はストレートの力だけで勝てていたピッチャーが、加齢とともに球威が落ちて、変化球と制球力を武器とする技巧派へと転向するケースはよく見られる。それと同じように、若い頃は体力に任せて好き放題に飲んでいた者も、次第に衰えを自覚し始め、ペースを意識して時折チェイサーを挟みつつ飲むようになるのである。

このように、ピッチングと飲酒には実に多くの共通点があり、酒飲みがピッチャーから学ぶべきことは多い（その反対に、ピッチャーが酒飲みから学ぶべきことは何ひとつないが）。

では、ピッチングと飲酒の類似性を踏まえたうえで、私をピッチャーに喩えるとどのような選手になるのだろうか。まず、日によって調子が全く違う不安定なピッチャーである。こういうピッチャーは先発ローテーションの一員としては計算しにくいし、ここぞという大一番では到底使えない。また、立ち上がりが悪いこともあれば、終盤に突如崩れることもあるわけで、一試合の中でもコンディションにバラつきがあり、安心して見ていられない。常に代わりのピッチャーをブルペンに待機させておかなければならないのでベンチは大変だ。つまり、ろくでもないピッチャーである。

そして、私は自らの調子の不安定さを自覚しつつ、技術を駆使してなんとか六回三失点くらいでまとめようと思って投げている。しかし実際は、どれだけ失点しようとも、監督に降板を命じられようとも、周囲の制止を振り切って九回まで投げ続け、結果としていつも三十点くらい取られている。全くもってろくでもないピッチャーである。

ただ、もし本当にそんなピッチャーが実在したら、すぐに野球界から追放されていることだろう。だが、私は今のところ飲酒界から追放されていない。そう考えると、飲酒界は野球界よりも随分と寛容である。ピッチングと飲酒はよく似ているが、野球界と飲酒界には大きな違いがある、ということなのだろうか。このあたりについてはまだ探究の余地があるように思われるが、そんなことよりもまず、私は飲み過ぎて一般社会から追放されないように気を付けたい。

「たすけて」とサインを出している捕手に首を振って投げ込むスライダー

私を通り過ぎた酒たち

① ビール

いつも大量の酒を飲んでおきながらこんなことを言うのも気が引けるが、結局は一杯目のビールの一口目が最も美味しい。というか、純粋に美味しいと思って飲んでいるのは一杯目のビールの一口目だけかもしれない。同じ一杯目であっても二口目以降は、炭酸で消化管にダメージを与えていることへの申し訳なさとか、痛風発作のリスクが高まっていくことへの恐怖とか、そうしたネガティブな心情が付随してくるので、純粋に美味しさを感じるというのはなかなか難しいのだ。二杯目以降も、ビールであれば前述したような心情が増幅していくばかりだし、他の酒に変えたところで何らかの負い目を感じることは避けられない。ただ一杯目のビールの一口目に限っては、快感がダイレクトに脳へと届いて、素直に美味しさを感じることができるのである。

そうした理由により、私は基本的に最初の方しかビールを飲まない。だが、多種多様な酒をたらふく飲んだ後の締め括りとして、再びビールに回帰することが稀にある。すると泥酔していて、消化管への負担や尿酸値の上昇といったややこしい話はもはや分からないので、またビールの美味しさを純粋に味わうことができるのだ。その味は、一緒に野原を駆け回っていた幼馴染と、悲運によって離れ離れとなったものの、お互い人生の紆余曲折を経た後に老人となって再会し、旧交を温めているときの無邪気な友情を思わせる。

飲酒マンシップに則り最後にはビールに戻ることを誓います

ワイン ②

ワインは非常に危険な飲み物である。料理との相性が良すぎるうえ、度数のわりに飲みやすいので、ついガブガブ飲んでしまうのだ。当然、あっという間に酩酊することとなる。だから、長丁場の飲み会の序盤に、どう考えてもワインと合わせるのがベストだろうという料理が出てきても、そこは歯を食いしばって誘惑に耐え、もっと度数の低い別の酒を飲むのが、私にとっては賢明な判断となる。どうしても誘惑に耐え切れず、料理とワインのマリアージュがもたらす一時の快楽に身を委ねたならば、その代償として記憶や所持品、さらには信頼や友情といった重要なものを失うことになりかねない。

また、ワインが持つもう一つの恐ろしさは、安いものの方が飲みやすいという点にある。以前に何度か高級なワインを飲ませてもらったこともあるが（もちろん私はビタ一文払っていない）、渋みが強くてそうたくさん量を飲めるものではない。確かに、そうした高級ワインであれば、値段の高さと味の渋さが二重のストッパーとなるので、私もガブガブ飲むことはできないし、それゆえに泥酔することもない。だが、そもそも私は味を楽しむことに主眼を置いた飲酒とは縁遠い人間なので、自腹を切ってまで高級ワインを飲もうとは全く思わない。また、普段からそんなことを公言して憚らない私に、わざわざ高級ワインを振る舞おうという奇特な人間はいない。したがって、私がワインを飲むとしたら、必然的に安いものを選ぶしかない。そして、安いワインは口当たりが良いものだから、どうしてもハイペースで飲んでしまう。ここに、私がワインを飲んだら泥酔するという命題が論理的に導かれることとなる。

問題は、安いワインが度数のわりに飲みやすいという点にある。都市ガスは漏れたときにすぐ分かるよう、人工的に不快な臭いが付けられている。だったら安いワインも、その危険性を知らせるために、わざと飲みにくくしてみるというのはどうだろうか。

優秀な詐欺師のように柔らかく喉を突破してくる白ワイン

③ 焼酎

私が子供の頃、父はしばしば「焼酎は水割りにすればいくら飲んでも酔わない」と嘯《うそぶ》いていた。その言葉を真に受けていた私は、成人して初めて焼酎に挑戦したとき、父の教えを思い出して水割りでガブガブと飲み続けた。当然ながら私は大変に酔っ払い、そのときは父の放言を恨んだものである。

ただ、私が本格的に飲酒を始めてからは、父の言っていたことが、もちろん正しくはなかったものの、方向性としては間違っていなかったのではないかと思うようになった。確かに、焼酎はたとえ水割りにしたところで、量をたくさん飲めば酔うに決まっている。しかし一方で、焼酎は水割りにすれば酔い方がマイルドになるというのもまた確かである。当たり前のことを仰々しく再確認しているようで恥ずかしいが、後者の点は誰しも折に触れて思い返すべき重要な事実である。そして父の放言は、その重要な事実を私の潜在意識に刷り込んだようにも思える。

というのも、私は本格的に飲酒を始めてからしばらくは、焼酎をロックで飲むことも多かったが、いつからか理由もなくロックを忌避するようになったのである。加齢により酒が弱くなったというのもあるだろうが、現在では自分でも不思議なほど焼酎をロックで飲むことに抵抗感を覚えるようになった。

今になって思えば、父は幼い私の中に酒飲みの資質を見抜き、自分の息子が将来的に酒で身を滅ぼすことを危惧したのかもしれない。だが酒飲みの遺伝子を持って生まれた私に、「酒は飲まない方がいい」などと教育したところで無意味だと直感的に察知したのだろう。せめて酔い方がマシになるようにと、水割りというものの存在を私に幼少期から伝え続けたのではないか。「焼酎は水割りにすればいくら飲んでも酔わない」という妙な言い回しを選んだのは、命令口調だと私が反発することを見越したからではないか。そして、あえて極論めいたトリッキーな表現を用いることで、私の理性ではなく潜在意識に働きかけようと考えたのではないか。焼酎の水割りを飲むとき、そんな妄想に耽ることがある。

もしその妄想が本当だったとしても、結局のところ大人になった私は酒に溺れているわけだから、父の試みは残念ながら奏功しなかったと言わざるを得ないのだが。

お前はまだ子供だからと父がくれたお年玉で飲む富乃宝山

④ ウイスキー

経緯については別のところで詳述しているが、私の泥酔デビューはウイスキーの不適切な飲み方によるものだった。その経験がトラウマとなり、しばらくはウイスキーのことが恐ろしくて仕方なかった。たまに薄い水割りを作って、トラウマの克服を試みたこともあったが、いかにもアルコール然としたあの風味に、体が強い拒絶反応を示すのだった。

そんな因縁の相手とも言うべきウイスキーとの関係が好転するきっかけとなった

のは、ハイボールとの出会いである。恥を忍んで白状するが、初めてハイボールを飲んだとき、それがウイスキーをソーダで割ったものだとは知らなかった。チューハイの一種だと勘違いしていたのである。ただ、正体がウイスキーのソーダ割りだと知っていたら、ハイボールを飲むことはなかったはずだから、その勘違いが私とウイスキーを再び引き合わせたわけである。まさに運命の悪戯としか言いようがない。そしてハイボールは、その正体を知る前も知った後も、飲みやすく美味しかった。私はハイボールを好んで飲むようになった。

正直、しばらくの間はハイボールがウイスキーのソーダ割りだということを受け入れられなかった。最愛の人が憎き仇敵の実子だと知ったときのような、アンビバレントな感情に襲われたのである。だが、ハイボールが好きだという気持ちは決して揺るがなかった。そして、ハイボールを飲み続けていると、その美味しさによってウイスキーに対するネガティブな感情も消えていった。最終的には愛が憎しみに勝利したわけである。

現在では、ウイスキーを水割りでもロックでも飲むようになった。我慢したら飲めるといった次元ではなく、自ら積極的に飲んでいる。ウイスキーの良さは、しっかりと酔わせてくれるところにある。ウイスキーマニアが聞いたら激怒しそうなことを言っている自覚はあるが、本当にウイスキーはいつでも必ず肉体の限界まで私を酔わせてくれるのだ。体調の異変等によって他の酒ではなかなか酔いが回ってこない場合でも、ウイスキーを飲めば絶対に酔うことができる。私は基本的なスタンスとしてアルコール全般を信頼しているが、その中でもウイスキーは別格である。最初の出会いこそ良い形ではなかったものの、今やウイスキーは、私を見捨てることも裏切ることもしない、頼もしいパートナーである。

復讐しているのかされているのかも分からず8杯目のハイボール

酔っ払い列伝

大学時代、とある飲み会でKくんと出会った。Kくんは、飲み会は緊張するからということで、事前にウイスキーをロックで一杯飲んでから来ていた。この人は信用できると思った。

Kくんとは今でもたまに飲む仲である。Kくんは東京に住んでいるのだが、私が出張で東京に行くと、当日に誘っても必ず来てくれる。とても義理堅い人なのだ。ただ、一度だけ、誘いのメールを送っても返信のないことがあった。実際は仕事が忙しくてメールに気付かなかっただけなのだが、私は本気で彼の安否が心配になって、共通の知人に何か事情を知らないかと電話で尋ねてしまったほどだ。

またあるとき、最近は週に何回飲んでいるのかとKくんに尋ねたところ、彼は週二回だと答えた。思っていたよりも少ないと驚きつつ、続けていくつかの質問をした。しかし、どうも会話が嚙み合わない。しばらくして気付いたのは、Kくんは自宅で飲酒してもそれを「飲む」回数にカウントしていないということだった。店で飲むのが週に二回ということだったのである。改めて、場所は関係なく週に何回アルコールを摂取しているのかと尋ねれば、週七回とのことだった。それを確認できて私は安堵した。やはりKくんは信用できる人である。

＊

N先生は、酒の師匠である。N先生は私の通っていた大学に非常勤講師として来ていたのだが、毎回そこで得た報酬よりも多い金額を飲み代に費やして帰っていた。私はそういう粋な大人になりたいと思った。

また、私がビールを飲めるようになったのもN先生のおかげである。まだ私がビールを飲めなかった頃、しばらく我慢して飲めばいつか美味しく感じるようになるというアドバイスを頂戴した。それを実践したところ、本当にある日突然、目の前を塞いでいた壁が倒れて視界が開けるようにして、ビールの美味しさを感じることができたのだ。やはり何事も「継続は力なり」である。

N先生自身も毎日飲むタイプの人で、「継続は力なり」を実践している。やはり偉大な師匠は弟子に教えを授けるだけでなく、自らもそれを実践してみせるものなのだ。

ただ、毎日飲んでいるとなると、N先生の健康面を心配してしまうこともある。N先生にはこれからも末長く飲み続けてほしいと思っているが、健康診断についてては「ミシェル・フーコーのいう〈生権力〉を感じて不快だから」という理由で断固拒否しているそうだ。

*

行きつけの飲み屋でよく会うGさんは、いつも下ネタばかり言っている。それもハードすぎて笑えないタイプの下ネタである。

しかし一方で、たまにこちらが面食らうほど物事の本質を突いたことを言う。例えば、あるとき突然、その店が抱える問題点を指摘し、原因を分析したうえで、解決策まで提示してみせた。マッキンゼーのコンサルタントもびっくりの的確さだった。

もしかしたら、Gさんは物事の本質を見抜いてしまうことの恐ろしさを知っているのではないか。本質を見抜いた先にある索漠たる風景を知っているのではないか。あるいは、自分が本質を指摘することによって、周囲の誰かを救うどころか傷つける結果になるかもしれないと危惧しているのではないか。そして、本質には決して触れないようにするため、意識して常に脱文脈的で即物的な下ネタを言うようにしているのではないか。私は勝手にそのような推理を展開しているのだが、実際は単に下ネタが好きでデリカシーがないだけのような気もする。

酔っ払い列伝

＊

自宅の近所にあるバーの常連客で、Tさんという人がいた。Tさんは純度百パーセントの酒乱で、酔うと暴言は吐くわ物は壊すわで、街中の飲み屋を出入り禁止になっていた。ところがそのバーだけは、毎回泥酔する私を歓迎してくれることからも窺えるように、マスターが異様なまでに寛容で、街で唯一Tさんを受け入れる店となっていた。

一度、そことはまた別のバーで飲んでいるときに、Tさんが入店してきたことがある。するといつもは優しいマスターが、Tさんを一瞥するなり般若のような形相になって、「今日は貸し切りです」と冷たい声で言い捨てたのである。Tさんは意外にも大人しく出て行ったのだが、その時点で私以外に客はおらず、明らかな嘘だった。Tさんも薄々それに気付いていたのではないか。そのときは、Tさんの乱暴狼藉をいつも目の当たりにしていた私でさえも、ほんの少しだけTさんを気の毒に思った。それは、未来の自分を見ているような気がしたからかもしれない。

結局、Tさんは街で唯一受け入れてくれていたバーでも一線を越えたようで、いつの間にか出入り禁止になっていた。何があったのかマスターは教えてくれなかったが、そのバーを出入り禁止になるということは相当な蛮行があったはずだ。

その後、Tさんは隣の街で飲むようになったという噂を聞いた。だがしばらくすると、その街でも全ての飲み屋を出入り禁止になったという噂を聞いた。今はどこで飲んでいるのだろうか。もう噂すら流れてこない。

＊

私は歌人のYさんを勝手に飲酒の同志だと思っている。Yさんも私と同じく酒好きで、酔っ払うと人恋しくなって知り合いに電話をかけまくるところも同じである。私とYさんが初めて一緒に飲んだとき、当然のように私もYさんも泥酔して記憶を失くした。翌朝はSNSのダイレクトメッセージで互いに謝り合うことになったが、その後YさんがSNSに投稿した内容を見て愕然とした。アップされていた昼食の写真に、ボリューム満点のとんかつ定食と生ビールが写っていたのだ。私はどろどろの二日酔いで、水を飲むのが精一杯、夕方まで何も食べられず、酒は見るのも嫌という状態だったにもかかわらず、である。私は飲むばかりであまり食べないのに対して、Yさんはよく飲みよく食べる。内臓の丈夫なYさんが羨ましくて仕方ない。

このように、同じ酒飲みでもYさんは私より遥かにスケールが大きい。最近、そのスケールの大きさを改めて思い知らされる出来事があった。Yさんとは何度か一緒に飲んだことがあるが、突如として先日、Yさんが私とは喋ったことがないという旨の投稿をSNSにアップしたのだ。確かに、Yさんと会うのはいつも大人数の飲み会で、二人で喋るのは終盤ということが多いから、Yさんの中に私との会話の記憶が残っていないのも無理はない。私の方はと言うと、Yさんと喋った記憶はあるが、何を喋ったかは覚えていないという状態である。どうやらYさんは私よりも記憶を失くすのが若干早いらしい。この点についても、中途半端に記憶を残している自分が恨めしく、完全に記憶を失くしているYさんのスケールの大きさに打ちのめされた。

横丁という戦場へ行く者に肝臓の御加護があらんことを

私が酔っても喧嘩をしない理由

人間は酒を飲むと気が大きくなる。そして、酒場では気が大きくなった者同士が接触するわけだから、どうしても多少の喧嘩が生じるのは避けられないところがある。私も酒場ではこれまで幾度となく大小様々な喧嘩を目撃してきた。

では、私はどうなのかという話になるのだが、読者の中には、私がかつて酒の席でどれほど派手な喧嘩を繰り広げてきたのかを知りたいと思った人もいるかもしれない。確かに、酔っ払ってこんな大立ち回りを演じた、といった他人の武勇伝を読むのは楽しいだろう。しかし、残念ながらその期待に応えることはできない。というのも、私は酔って喧嘩をした経験がほとんどないからである。

まず、酔って誰かと物理的な喧嘩をしたことは一度もない。それは、私が飲酒のマナーを心得ているからでもなければ、強固な自制心を持っているからでもない。

私が酔っても喧嘩をしない理由

現に、私は泥酔すればマナーや自制心などとは縁もゆかりもない有様になっている。
ではなぜ、私が酔っても物理的な喧嘩をすることがないかというと、端的に勝てないからである。私はスポーツやトレーニングなどとは完全に没交渉の生活を営んでいるし、そもそも日常的な大量飲酒により肉体がひどく衰弱している。そんな私が物理的な喧嘩を仕掛けて勝てる相手と言えば、小学校低学年以下の児童くらいだろう。小学生でも高学年になればまず勝てないし、低学年でも成長が早い児童であれば熱戦が予想される。そして、酒場で児童と遭遇することはほぼないので、私が酔っているときに物理的な喧嘩で勝てる相手は周囲に存在しないのだ。もし成人と物理的な喧嘩をしようものならば、見るに堪えないような惨敗を喫することは必定である。いくら酔っ払っていたとしても、それについては本能的なレベルで理解しているために、私が誰かと物理的な喧嘩をすることはないのである。

このように私は酒の席で物理的な喧嘩をしたことが一度もないのだが、言葉での喧嘩、すなわち口論を経験したことは何度かある。ただその場合でも、私は大抵すぐさま言い負かされて自棄酒を呷る羽目になる。なぜなら、口論を成立させるためには、まず相手の発言内容を理解したうえでその欠陥を見つけて反駁するという高度な知的作業が要求されるのであって、酔っ払った状態でそれを遂行するのは非常に困難だからである。とりわけ私は酔うと口論に求められる能力が格段に落ちるタイプのようで、早い段階で口ごもったりボロを出したりしてしまい、たちまち相手にそこを突かれてサンドバッグ状態となる。酒場でそうした事態を何度か経験するうちに、物理的な喧嘩ほどではないにせよ、自分は口論も異様に弱いということが分かってきた。口論に負けると、肉体は無事でも精神に大きなダメージを負う。そのことを恐れているのか、今では口論についても本能的なレベルで自重するようになった。

そういうわけで、現在のところ私はどんなに酔っ払っても喧嘩をすることがほとんどない。ただ、繰り返しになるが、それは幸か不幸か私が物理的な喧嘩も口論も劇的に弱いという事情によるものであって、決して私が理性的な人間だからではない。酒の力をもってしても払拭できない喧嘩への本能的な恐怖心が、私の中に潜む攻撃的な衝動を抑え込んでいるだけである。万が一、これから何らかの理由で私が屈強な肉体を手に入れたならば、それを誇示すべく酒場で誰彼構わず喧嘩を売りまくるかもしれない。そんなことになったら大変なので、私はこれからもスポーツやトレーニングとは距離を置いて生活せざるを得ないのである。

蹴っていた人が今度は蹴られている終電の酒乱専用車両

私がいつもスーツを着ている理由

私は飲みに行くとき、夏場を除けば必ずと言っていいほどスーツを着ている。仕事があった日はもちろん、休日でもほとんどスーツである。それは「酒場というのは舞台だから、演者たる酔客もそれなりの衣装を着るべきだ」といった高尚なダンディズムを実践しているからではない。別に私はスーツには何のこだわりもなく、むしろ酒を飲むときくらいは可能ならばゆったりした服を着たいと思っている。ではなぜ私がスーツばかり着ているのかと言えば、それは単にまともな私服を用意できないからである。人様にお見せできるような私服がないために、消去法で常にスーツを着るしかないのだ。

では、なぜまともな私服を用意できないのか。服を買う金がないからではない。酒代の一部を洋服代に回せば結構なものが買えるだろう。また、ミニマリストを標榜していないからでもない。どちらかと言えば、不要な物もなかなか捨てられずに溜め込むタイプである。ここまで随分ともったいぶってしまったが、外に着ていける服がないのは、私が絶望的なまでにファッションセンスと無縁だからである。

実のところ、服そのものはそれなりに持っている方かもしれない。ただ、それらを組み合わせて私服としての及第点を獲得することができないのだ。

まず、所有しているファッションアイテムの中には、それを採用した時点で、その他をどうしようとも服装として破綻するような、とんでもないものが紛れ込んでいる。胸元にでかでかと薔薇の刺繍が入ったピンクのシャツとか、星形のボタンが嫌というほど縫い付けられた緑のジャケットとか、どんなにコーディネートを工夫しようとも到底リカバリーできないほどの危険なアイテムがいくつもあるのだ。もちろんそれらは以前に自分で気に入って買ったはずなのだが、今となってはなぜそんなものを買ったのか全く理解できない。「文脈は関係なく使われた時点で一発アウトの放送禁止用語」みたいなアイテムが混入しているものだから、まずはそうした危険物を除去するところから服装の選択を始めなければならない。

その作業が終わり、個々としては瑕疵《かし》のないアイテムが揃っても、今度はそれらの組み合わせを考えるのが一苦労である。うっかりすると、グレーのシャツにグレーのジャケットとグレーのズボンを合わせて、フォーマルな服装にしたつもりが部屋着のスウェットみたいになっているといった悲劇が生じてしまう。私はそのあたりのセンスが完全に欠落しているので、よほどの幸運に恵まれない限り、正解の組み合わせに辿り着くことはできない。

だから、そういうコーディネートを難なくこなせる人がたくさん存在するというのは、羨ましくもあるが不思議でもある。他の人はみな中学か高校でコーディネートの授業を受けたことがあり、私は何らかの理由でそれを履修できなかったのではないかと疑っているくらいだ。

以上のような理由でまともな私服を用意できない私は、もはやスーツしか着られるものがない。ダークスーツの下にワイシャツを着て、黒い革靴を履けば、服装として大きく間違えることはないのだ。変な色気を出して白いスーツや花柄のシャツを着たり、ワニ革の靴を履いたりさえしなければ、及第点は容易に獲得できる。スーツは私のようなファッション音痴に優しい服装なのである。

そもそも、根本的なことを言わせてもらえば、私服という概念自体が私には受け入れ難い。確かに、仕事用の服装だけでは気が詰まるから、それ以外の服装はあってしかるべきだろう。仕事のことを忘れてリラックスする時間のための服装もあった方がいいというのは理解できる。だが、なぜそれがパジャマではいけないのか。パジャマで街へ出かけて友人と遊んでもよさそうなものではないか。しかしながら、実際にそんなことをしようものなら、友人からは露骨に嫌がられ、周囲からは奇異の目で見られるに違いない。せっかく仕事から解放されてリラックスした時間を過ごすというのに、仕事用とは別にきちんとした服装を用意しなければならないのは、実に納得のいかないことである。

とはいえ、不満ばかりを言っていても仕方がない。私はパジャマで街へ繰り出すような無頼漢になりきれないから、飲みに行くときは休日でもやむなく私服の代わりにスーツを着用している。そうすることで、まともな私服を用意できないという問題は概ね解決するのだ。

ただ、常にスーツを着るとなれば、新たに厄介な問題が生じてくる。それは、土日に誰かと飲むときに「今日は仕事だったのですか」と尋ねられることである。私は土日が休みなので、「はい」と答えれば嘘になってしまう。嘘を貫き通すというのも一つの手かもしれないが、もしその嘘が露見するような事態になれば、休日にもかかわらずスーツを着ることで一仕事終えてきた風を装っている奇人だと思われる。一方で「いいえ」と答えれば、それはそれで休日なのになぜかスーツを着ている奇人だと思われる。どちらにしても奇人判定である。ファッションセンスが死んでいる奇人もしくは常にパジャマを着ている奇人になるのを回避するためにスーツを着ているというのに、それによって結局は奇人だと思われるのはなんともやるせない話である。

現在のところ、土日にスーツを着ていて「今日は仕事だったのですか」と尋ねられたら、「ええ、まあ、仕事ではないのですが、ちょっと」などとごまかしている。ただ、もしこのエッセイ集が一億部売れて、私がいつもスーツを着ている理由が日本中の知るところとなれば、もうそのような質問をされて答えに窮することもなくなるだろう。そうなればこの問題は解消されるので、私が心置きなく土日もスーツを着られるように、みなさんどうかこのエッセイ集を周囲の方に勧めてください。

ワイシャツの皺が心に染み込んだ（心で食い止めたとも言える）

飲酒をめぐる断章

昨今、日本では「若者の酒離れ」が指摘されるようになった。その現象自体については、別にけしからんとは思わない。酒など飲まなくて済むなら飲まないに越したことはない。酒を飲まないなんてもったいないという気持ちが全くないと言えば嘘になるが、酒の力に頼ることなくこの現代社会をサバイブしている若者の存在を、同じ日本国民として非常に誇らしく思う。

一方で私が腹立たしく思っているのは、「若者の酒離れ」という言い回しに対してである。これではまるで、若者の方が自主的・積極的に酒から離れたかのようではないか。人間が自らの意志によって酒から離れたなどと考えるのは、大変な思い上がりである。人間が酒を飲まなくなったとき、それは人間が酒から離れたのではなく、酒が人間を見放したのである。だから、もし若者が酒を飲まなくなったことを嘆くのであれば、それは「若者が酒に見放された」ことを嘆かなければならない。そして、若者が酒に見放されたことの責任は、決して若者にはない。全ての責任は、これまで人間が酒から受けてきた恩恵を忘れ、酒に対する恩返しを怠り続けた、上の世代の者たちにあるのだ。

*

酒を飲むにあたって、警戒すべき危険なシチュエーションは多々ある。治安の悪い地域で飲むとか、犬猿の仲の二人が居合わせるとか、誰しもそれぞれ思い当たる状況や場面があるだろう。ただ、そういった分かりやすいケースであれば、みながそれなりの心構えで飲酒に臨むので、意外と破局的な事態にまで至ることは少ない。実際のところ最も警戒すべきなのは、危険を回避できたと思い込み、油断して酒を飲んでしまうケースである。警戒のスイッチが切れているので、忍び寄る危機を察知することができず、気が付いたときには既に手遅れとなっているのだ。

例えば、遠方で飲んでいて翌日は朝から仕事、絶対に終電で帰らないといけないという場合、それ自体が取り立てて危険な状況であるとは言えない。自然と普段より飲むペースは落ちるし、終電の時刻が気になるので、結果的には問題なく帰れることが多い。しかしながら、終電の一時間くらい前に、まだ自分はあまり酔っていないという認識を抱いた場合などは、かなり危険である。もう大丈夫だろうと高を括り、そこから一気に飲酒のピッチを上げてしまいがちだからだ。それに、心身の緊張が解けたものだから酔いも回りやすくなっている。さらには、遠方であるために土地勘がなく、駅周辺の地理を十全には把握できていない。すると、終電の時刻が迫っていることに気付いたときには、もはや東西南北も上下左右も分からなくなり、駅まで辿り着くことさえできずに終電を逃すといった事態に陥りかねないのだ。

このように、安全な状況で悠々と酒を飲んでいたはずが、エアポケットにでも入ったかのごとく、突如として危機に見舞われるという現象はしばしば生じる。サッカーでは2対0のリードはかえって危険だと言われるが、それと理屈は同じであろう。

＊

酔いには「動物的な酔い」と「人間的な酔い」があると私は考えている。

動物的な酔いとは、胃腸で吸収されたアルコールが血液に溶け込んで脳へと到達し、脳の一部が麻痺を起こすという生理現象としての酔いである。おそらくはそれが世間一般の考える酔いであって、それ以外の酔いなど存在しないと言われそうだが、実のところそうした認識は人間の自由意志や社会性を無視した一面的なものに過ぎない。酔いは単なる肉体のアルコールに対する生理的反応ではなく、そこに飲む者の意志や他者との関係といった人間的な要素の影響も受けつつ出来上がるものなのだ。

例えば、宴会が始まって一杯目のビールを一口飲んだ時点で、すぐさま心身が緊張から解き放たれ、少し酔ったかのように感じることはないだろうか。そんなにすぐ酔いが回るわけがないので、生理学的に考えればそれは錯覚である。しかしながらそれを、酒飲みの「酔おうとする意志」が引き寄せた酔いだと捉えることはできないだろうか。酒飲みの持つ酔いへの強靱な意志が、動物としての生理的メカニズムを超越して、自らの内に酔いを産出したとは考えられないだろうか。あるいは、自分はそれほど飲んでいないにもかかわらず、周囲の人々が大変に酔っているものだから、自分もそれなりに酔っているような気分になったという経験はないだろうか。それもまた、生理学的に考えればただの錯覚である。けれどもそれを、社会的な存在である人間に特有の、酔いの伝染現象だと捉えることはできないだろうか。身体の共鳴という最も根源的な社会性の発動によって、あまり酔っていない自己の身体が、大変に酔っている他者の身体と同期したとは考えられないだろうか。

＊

今現在において飲酒していない人間も、何らかの意味においては飲酒していると解釈することは可能だろうか。

唐突にこのような問いを提示すると、私が発狂したと思われてもやむを得ない。

ただ、確かに私は狂っているのかもしれないが、少なくともふざけてはいない。私が先の問いを通して真面目に考えてみたいのは、飲酒という概念の拡張可能性についてである。先の問いを端的に言い換えるならば、飲酒という概念をどこまで広げて考えられるのか、となる。

世間的な常識では、飲酒とは物理的にアルコールを摂取する行為だとされている。その認識に従えば、アルコールを体内に入れ始めてから入れ終わるまでが飲酒だということになる。それこそが疑いようのない飲酒の定義だと言われそうだが、本当にそうだろうか。

まずは、比較的受け入れられやすそうな例から検討してみよう。友人たちと大いに酒を飲んだ楽しい宴席がお開きとなり、その余韻に浸りながら家路を辿るとき、まだ飲酒の時間は終わっていないと考えても、そこまでおかしな話ではなかろう。むしろ、最後のグラスを空けた瞬間に「これにて飲酒は終了!」と厳密に意識する方が異様だとは言えないだろうか。

そうすると、物理的なアルコール摂取の後のみならず、その前にも飲酒と解釈されうる時間があるように思えてくる。再び友人たちとの宴席を例に出せば、晩にその予定が入っていて、それを楽しみに日中を過ごす場合、その日中の時間もまた飲酒しているのと同然であるように思えるのだ。

このようにして飲酒の概念を拡張していくと、生活の中のどこかに物理的なアルコール摂取の時間を持っているのであれば、それ以外の時間もまた潜在的に飲酒を行っていると考えることができる。物理的なアルコール摂取を狭義の飲酒とするならば、それ以外の時間における全ての行為は広義の飲酒だと言えるのである。

そして、ここまでの議論を人生単位にまで敷衍《ふえん》するならば、将来は友人と酒を酌み交わしたいと夢想している子供も、死の間際にかつての楽しかった酒席を思い出している老人も、広義では飲酒しているということになる。私のような筋金入りの飲兵衛であれば、誕生の時点で既に広義の飲酒は始まっていたということになるし、いつか体を壊して酒が飲めなくなったとしても、臨終の瞬間まで広義の飲酒は続くということになるのだ。

酔っ払いの繰り言は無視されつつも祈りのようにしつこく続く

第四章

郷愁編

もう一人の三郎

私には美術の先生がいる。こう言うと、私が描いた絵を見たことのある人からは、「あんな落書きみたいな絵しか描けない人間が何を言うか」と一喝されるかもしれない。確かに、私の画力はチンパンジーと勝負しても惜敗するレベルであり、もちろん自分に美術の心得があるなどとは思っていない。だが、私に美術の先生がいるというのは事実である。

その先生と出会ったのは、私が幼稚園児だったときである。私の通う幼稚園で、夕方に先生が絵画教室を開いていたのだ。その日は画用紙にクレョンで絵を描こうということで、私も初めのうちは大人しく指示に従っていた。ところが、既に反社会性が芽吹きつつあった私は、なぜか突如として衝動的に、近くにあったハサミで画用紙を切り刻み始めた。周囲はパニックに陥り、母が私を制止しようと慌てて駆け寄ってきた。だが先生は、私を制止しようとする母の方を制止して、怒気を孕んだ声で「それでいい！　それでいいんだ！」と叫んだのである。あまりにも衝撃的な体験だったので、幼稚園児のときの出来事でありながら今でも鮮明に覚えている。

その先生の名は、村上三郎（一九二五－一九九六）。前衛美術運動集団「具体美術協会」の主要メンバーとして活躍し、日本におけるパフォーマンスアートの先駆者として知られる人物である。近年では、地元・兵庫県の市立美術館で大々的な個展が開催されるなど、再評価の機運が高まっている。先日も東京・京橋のアーティゾン美術館で偶然、村上先生の作品を見かけて驚かされた。幼稚園の絵画教室の先生がそれほど偉大な人物だったとは、恥ずかしながら大人になるまで知らなかった。

そして、村上先生の代表作と言えば、木枠に張った紙を体当たりで破る「紙破り」というパフォーマンスである。今になって振り返れば、大変僭越ではあるが、紙を破ることで美術の可能性を追求した村上先生は、絵画教室の最中にハサミで紙を切り刻んだ幼少の私に対して、何らかのシンパシーを感じてくれたのかもしれない。

その村上先生とは、幼稚園の絵画教室以降は会うことがなかったものの、色々と奇縁めいたものを感じている。

まず、以前しばしば通っていたバーのマスターが村上先生の弟子だった。そのバーは、トイレの扉の取っ手がマネキンの手であったり、テーブルが足踏みミシンの台であったりと、エキセントリックな内装の不思議な店だった。マスターもただ者ではない雰囲気を醸し出していたが、まさか村上先生の弟子だとは思わず、その事実を知ったのはバーが廃業する直前だった。

また、私の筆名は三田三郎だが、これは村上先生のことを意識して付けたわけではない。覚えてもらいやすいシンプルなものにしようとした結果、この筆名になっただけである。だから、村上先生と三郎つながりになったのは、偶然としか言いようがない。村上先生も三郎だったと思い出したとき、私自身が驚いたくらいだ。

そして、これが決定的に重要な点だが、私も村上先生も無類の酒好きである。村上先生は飲むときにあまり食べないタイプだったらしく、そこも私と共通している。さらに、村上先生ははしご酒が好きだったようで、そこも全く同じである。

このように、私と村上先生には様々な縁がある。そのため、私は村上先生を勝手に美術の先生（および飲酒の先生）だと思っている。

ただ、村上先生は飲み歩いて明け方に帰宅した際に、玄関先で転倒して脳挫傷により亡くなっている。いくら村上先生と縁があるにしても、そこだけは同じになりたくないと思うが、一方でそのようになりそうな気がしているのも確かである。

千鳥足で自宅に辿り着けたことの安堵を肴に飲む缶ビール

エキセントリック・カウンセリング

高校生のときは学校に通うのが苦痛で仕方なく、誰でもいいからそのことを打ち明けられる相手が欲しかった。当時最も身近だったのは同級生だが、彼らにその胸中を吐露するというのは、「あなたたちの存在だけでは学校に通うモチベーションとして不十分だ」と暗に伝えているも同然だから、到底できるはずもないことだった。かといって家族に相談しても、みな一様に「学校に行くのが辛いと言われても、駅まで歩いて電車に乗ったらいいだけではないか」といった調子で、そもそもこちらの主張の趣旨すら理解してもらえないような有様だった。

そこで私は、学校のカウンセラーに相談しようと思い立った。常駐ではなかったが、定期的に学校を訪れては生徒の相談に乗ってくれるカウンセラーがいたのである。私は勇気を出して、そのカウンセラーに会いに行った。

カウンセラーは小柄で温和そうな、これぞ老紳士といった風情の男性で、初対面でも安心感があった。初回の面談では、私の悩みにじっくりと耳を傾けてくれた。この人なら信頼できると思い、二週間に一回のペースでカウンセリングを受けることにした。

二回目以降、カウンセラーとは学校ではなく彼の事務所で会うことになった。その事務所は、コンクリート打ち放しの瀟洒《しょうしゃ》な低層ビルの一室にあった。中に入ると、箱庭療法に用いるための玩具がインテリアのように飾ってあり、その部屋の雰囲気に当初は「これがカウンセリングルームか！」と興奮したものである。この人の手にかかれば、私の悩みなどたちどころに雲散霧消するのではないかと、期待感は十分であった。

ところが、面談を繰り返すうち、徐々に雲行きが怪しくなってきた。いつの間にか、どういうわけか、カウンセラーがマシンガントークを繰り広げ、私が懸命に相槌を打つという形になっていたのである。そして、その話の内容も、私の悩みと関係があるようには思えなかった。

例えば、カウンセラーが好んで話題に出したのは、吉田茂の側近として活躍した白洲次郎である。白洲次郎がいかにハイカラで日本人離れした傑物だったかについて、カウンセラーはしばしば熱弁を振るった。白洲次郎がマッカーサーを一喝したエピソードは何度聞いたことか分からない。

また、無頼派の作家・織田作之助の話もよく聞かされた。カウンセラー曰く、真の意味で人間社会の風俗を描写することに成功したのは織田作之助だけだという。その点で同じ無頼派の太宰治や坂口安吾は劣ると批判するのだが、私は太宰や安吾のファンだったから内心ムッとしながら聞いていた。

あと、落語家の桂小枝のことは常々ボロクソにこき下ろしていた。これについては、いくら話を聞いても、桂小枝の何がそこまでカウンセラーを苛立たせるのか、全く分からなかった。

そんなことが続くうちに、段々とカウンセラーに会うのが憂鬱になり、彼の事務所へと向かう足取りが重くなってきた。学校の悩みは解決されるどころか放置され、カウンセラーとの関係が新たな悩みとして追加された。カウンセリングを受けることで、悩みは減らずに純増したのである。カウンセラーとの関係を相談するために別のカウンセラーを探しそうになったほどで、それでは何のためにカウンセリングを受けているのか分からないではないか。その段階に至ってようやく、私はカウンセラーと会うのをやめた。

もっと早く異常に気付いてもよさそうなものだが、なにせ私はカウンセリングを受けるのが初めてだったから、カウンセラーが私の悩みと関係ない話を延々と繰り広げていても、そういうものなのかと思って疑わなかった。カウンセラーと会うのをやめた時点でも、私は単に相性が悪かっただけだろうと思っていた。

高校のカウンセラーの振る舞いが一般的なものでなかったとはっきり認識したのは、大学に入学して別のカウンセラーと面談するようになってからである。大学入学直後、まだ高校時代の悩みを引きずっていた私は、大学専属のカウンセラーに相談したのだ。すると、いくら面談を重ねても、ずっと私の話を静かに頷きながら傾聴してくれるではないか。おそらくはそれが一般的なカウンセリングの形態なのだが、私はかえって困惑してしまったくらいである。そこでやっと私は、高校のカウンセラーがエキセントリックだったのだと気付いた。

ただ、ほどなくして私は大学のカウンセラーとも会わなくなった。悩みが十分に和らいだからというのが主な理由だが、もしかしたら、高校のカウンセラーのインパクトが強烈であったために、大学のカウンセラーに物足りなさを感じたというのも一因だった気がしないでもない。

それ以降、私はカウンセリングを受けることのないまま現在に至っている。案外、高校のカウンセラーの荒療治が時間差で効いていて、そのおかげで知らず知らずのうちに精神の破滅を免れてきたのかもしれない。もし本当にそうだったとしても、白洲次郎と織田作之助、そして桂小枝を好きになることはないけれども。

病名を付けてください夜明けまでトマトを撫でていたのですから

私は女子と話せなかった

私は中学・高校と男子校に通っていて、その間は母以外の女性とまともに話をする機会がなかった。人格形成において重要な時期に、女性と話す機会をほとんど得られなかったことは、現在に至るまで私の人生に暗い影を落とし続けている。

この話をすると、必ずと言っていいほど、「男子校に通っていたことを言い訳にするな、自ら積極的に行動すれば学校の外部で女子と交流する機会はいくらでも得られたはずだ」という趣旨の批判を展開する人間が現れる。だがそんな主張は、現代日本社会でよく見られるようになった、想像力の欠如した強者による不遜な自己責任論にほかならない。

確かに、同級生の中には、他校の女子生徒と交流を持つ者もいた。例えば、中学・高校どちらも近くに女子校があったので、スクールカーストの頂点同士では定期的に交流していたらしい。私はそれを勝手に「サミット」と呼称していたけれども、国の首脳同士で交流があってもそれが国民同士で直接の交流があることを意味するわけではないように、スクールカーストの頂点同士で交流があったとしてもそれは底辺にいる私からすれば遠い世界の話でしかなかった。

また、部活動を通じて他校の女子生徒と親しくなる者もいた。特に、他校と男女共同で練習や活動をするような文化部には、そういう不届き者が少なからずいた。

だが、中学・高校と文化部に在籍していたはずの私に、そういう経験は全くなかった。まず、中学時代は「数研部」という名前のクラブに入っていたが、数学を研究することは一切なく、実際は各々が部室で好き勝手にパソコンをいじっているだけだった。高校時代は写真部に入っていたが、こちらも各々が帰り道や旅行先で気の向くままに写真を撮るだけで、まともな活動実態はなかった。中学・高校いずれも、部活動で他校の女子生徒と接するような機会はなかったのである。

こうした環境下に置かれていた私に対して、もっと積極的に他校の女子生徒と交流を図るべきだったと非難するのは、あまりにも酷ではないか。そもそも他校の女子生徒と交流するという選択肢自体が、一部の特権階級だけに与えられたものであって、自分とは全く無関係だと思い込んでいたのである。まして、他校の女子生徒と交際に至るなどといったことは、当時の私にとってはもはや都市伝説のようなものであって、羨ましさを感じる以前にリアリティがない話だった。

思春期に女子と交流する機会を持てないまま大学生活に突入した私は、当然のごとく連日パニックに陥ることとなった。私の入った学部は男子より女子の方が多かったということもあり、とにかく周囲に女子がたくさん存在していたし、一年生の春学期は少人数で行われる必修の授業が大半で、学生同士が触れ合う機会も多かった。必然的に、女子とコミュニケーションを図るべきケースが突如として激増したのである。

ところが私は、中学・高校で女子と会話する訓練を受けていない。女子から話しかけられても、うまく返答ができるかどうかといった以前に、まず相手の顔を見ることができない。相手の方向にある壁のどこか一点を凝視することでどうにかごまかしつつ、「うん」とか「そうだね」とか相槌を打てれば上出来で、大抵は呻き声のようなものを漏らすだけという体たらくだった。

それでも最初のうちは「まあ、いずれ慣れるだろう」と楽観的に構えていたのだが、一ヵ月経っても二ヵ月経っても、事態が好転する兆しはなかった。焦った私は、女子によく話しかけているSくんを勝手に師匠として崇め、彼の言動を見習うことにした。Sくんはよく、「春の匂いがするね」とか、「夏はまだ寝ているね」とか、季節についてのポエティックな言い回しを多用して女子に話しかけていた。私にはそれがキザに感じられてならなかったが、それが正解なのであれば我慢するしかないと腹を括って、Sくんを真似ることにしたのである。窮状を打開するためにその作戦に賭けたのだが、結果は惨敗に終わった。もごもご口ごもりながら「夏がようやく目を覚ましたね」などと話しかけられた方は、気味が悪くて仕方なかったことだろう。私が話しかけると、みな一様に急用を思い出して、そそくさと立ち去るのだった。

そもそも師匠のSくん自身が女子たちから滅茶苦茶に嫌われていると知ったのは、春学期が終わってからのことである。

結局、私は大学在学中に女子と問題なく会話ができるようにはならなかった。いつまで経っても女子に慣れることはなく、いざ対面すると緊張のあまり言葉が出てこない。中高六年間の空白期間によってもたらされた影響は、想像以上に甚大だったのである。

私と酒どっちを取るのと訊かれたら答えに窮するほど君が好き

恥ずかしながら、私が女性とまともに会話できるようになったのは、二十代も半ばに差し掛かった頃である。それは決して、女性とのコミュニケーションに慣れたからではない。日常的に飲酒するようになったからである。酒を飲みさえすれば、緊張せずに女性と話せることに気付いたのだ。そして、飲酒時の成功体験により自信を深めることができたのか、素面でもある程度は女性と会話できるようになった。ただ一方で、酒に頼り過ぎた反動なのか、今では素面だと男性相手に話すときでも少し緊張するようになってしまった。やはり得るものがあれば失うものもあるということだろうか。世の中は実にうまくできている。

インターンシップと第三の尻

大学三年生の夏、就職活動を始めるべく、企業のインターンシップに応募しようと思い立った。その頃はまだ私も真面目だったのである。手始めに某大手上場企業のインターンシップに応募すると、オンラインでの一次選考を通過して、東京本社での二次選考に進むことができた。

二次選考の当日、真夏にもかかわらずスーツを着てネクタイを締め、新幹線で東京へと向かった。巨大な本社ビルに圧倒されつつ、会場でペーパーテストを受けた。詳しい内容は明かせないが、いわゆる大喜利のような問題に対して文章で回答するということを、数時間にわたって続けた。テストの内容も若干は奇異に感じられたのだが、それはまだ許容範囲だった。私がもっと奇異に感じたのは、試験官の社員がみな揃いも揃ってハイテンションだったことである。テストについての説明は漫談のように楽しげであったし、何かあるごとに異様な明るさで話しかけてくるのだ。私は途中から怖くなってしまって、テストが終わり次第逃げるように会場を出た。テストの出来などもはやどうでもよく、とにかく無事に関西の自宅へと辿り着ければそれでいいと思うようになっていた。

帰りの新幹線で、私には就職活動は無理だと悟った。というか、勤め人として生きることが無理だと悟った。自分にはあれほど長時間にわたってハイテンションを維持することなど到底不可能であるように思えたからだ。今振り返ればその企業が異常だっただけのような気もするが、そのときの私は、全ての勤め人は仕事中ずっとハイテンションを保たなければならないと思い込んでしまったのである。私はインターンシップ一社目にして、就職活動を断念することとなった。

私は絶望のあまり、車内販売の缶ビールを飲みまくった。車内販売のワゴンが通りかかる度に缶ビールを買って一気に飲み干した。酔いが回ってくるにつれて、絶望は少し和らいだものの、疲れもあったのか体に異変が生じ始めた。左の尻の山頂にあたる箇所が腫れてきたのである。左尻（左の耳を左耳、左の手を左手と呼ぶのだから、こう呼んでも問題なかろう）に突如として出来物が誕生したのである。名古屋あたりまで来た頃には、もう左尻を浮かせて座らないと痛くてたまらない状態になっていた。飲酒は中止して、右尻（右の耳を右耳、右の手を右手……以下省略）に全体重を乗せた体勢のまま、目を閉じて患部がそれ以上腫れないように祈りつつ、新幹線が新神戸駅に到着するのを待った。

どうにか自宅に辿り着き、鏡で左尻の状態を確認したところ、やはり左尻の中央が真っ赤に腫れている。それは出来物と言うには大きすぎて、右尻と左尻に次ぐ「第三の尻」とでも呼ぶべき代物であった。私は下半身裸のまま、しばらく鏡に映った第三の尻を眺めつつ、やはり慣れないことはするもんじゃない、と思った。

インターンシップの日に誕生した第三の尻は、数日ほどしていったんは消失した。しかしその後、約十年間にわたって、第三の尻はことあるごとに姿を見せるようになり、次第に私の肉体の中で市民権を得ていった。そして、第三の尻が現れるのは、どうも私が社会への順応を強いられるタイミングらしいということも分かった。知人の顔を立てるために微塵も興味のないセミナーに参加したり、こちらに非がないにもかかわらず取引先に形式的な謝罪をしたりするとき、突如として左尻の中央が腫れてきて、第三の尻が自らの存在を主張し始めるのだ。まるで普段は私の無意識の内で大人しくしている社会への反骨心が、どうにも我慢ならなくなった折に飛び出してくるかのようだった。社会への抵抗の象徴とも思える第三の尻に対して、私は忌々しくも誇らしいというアンビバレントな感情を抱くようになった。

しかし、時間をかけてようやく私の体に馴染んだはずの第三の尻は、またある時期を境にぱったりと姿を見せなくなった。それは、私がすっかり社会に順応したからだろうか。あるいは、私の中の反骨心が萎えてしまったからだろうか。尻に痛みを感じることがなくなったのは歓迎すべき事態であるはずだが、未だに私はそれを素直には喜べずに、どこか一抹の寂しさを覚えているのだ。

自らの尻を叩けば励ましつつ励まされつつ体は進む

W先生のこと

私が大学院の修士課程に在籍していたとき、指導教員とのトラブルに見舞われたことがある。修士課程修了の直前に突如として、指導教員から修士論文を提出せず留年するように命じられたのである。大学院において指導教員の意向は絶対だから、私はその宣告を受けた時点で事実上留年が確定した。諸般の事情により詳述することはできないが、その経緯はあまりにも理不尽であり、研究科ではちょっとした騒ぎになった。研究科の大学院生や教員の大方は私に同情的で、慰めや励ましの言葉をかけてくれた。だが、残念ながら一部には心無い言葉を浴びせてくる人間もいた。ある研究員は、「ちゃんと先生に頭下げたんか。頭下げてお願いしたら最低点で通してくれるやろ」と私を叱責した。ある事務員は、「三田くんはいろんな人から心配してもらって幸せ者や。良い経験ができたんやから感謝せなあかんよ」とへらへら笑いながら言った。慰めや励ましの言葉は曖昧にしか覚えていないにもかかわらず、心無い言葉の方は一言一句正確に覚えているのだから不思議である。人間という生き物は、逆境にあって追い打ちをかけるような真似をしてきた相手のことはずっと忘れないようにできているらしい。

ただ、先述の通り、そうした無神経な人間はごく一部で、ほとんどは私に温かく接してくれた。何人かの先生は、ありがたいことに私を飲みに誘ってくれた。その中でも、特に印象深く覚えているのはW先生である。W先生は私の友人の指導教員というだけで、あまり接点はなかったにもかかわらず、私を心配して飲みに誘ってくれたのである。

約束の当日、私は待ち合わせ時間を間違えて、三十分ほど遅刻してしまった。その頃の私は精神が荒廃しきっていて、待ち合わせをするというただそれだけのことが、過酷な一大事業と化していたのだ。通常であれば、待ち合わせの時間と場所は正確に把握したうえで家を出るだろう。ところが、通常の精神状態ではなかった当時の私は、待ち合わせの時間や場所がうろ覚えでも、改めて確認する気力がないものだから、そのまま朧げな記憶を頼りに家を出ていたのである。当然、待ち合わせのミスが頻発することとなり、その日も場所こそ間違えなかったものの遅刻はしてしまった。そして巡り合わせの悪いことに、その頃は真冬で、待ち合わせ場所が駅前の公園だったため、W先生を寒空の下で三十分も待たせてしまった。

でも、W先生は遅刻してきた私を叱るどころか、笑顔で迎えてくれた。私の精神状態を察していたのだろう、私がなかなか来ないことについて、苛立ちよりも心配の念が勝っていたようだ。W先生の優しさに救われたものの、今でもこのことは申し訳なく思っている。

W先生に平謝りしつつ、駅近くの居酒屋に入った。その店はW先生が予約していたのだが、やけにムーディーな創作居酒屋だったのでいささか困惑した。今になって振り返れば、他の大学関係者と鉢合わせする可能性が低く、さらに静かで話しやすい店を選ぼうとしたW先生なりの配慮だったのだろう。ただ、当時の私はそうした配慮に気付ける余裕がなく、「研究一筋で実直そのもののW先生も飲食店の趣味は意外とチャラいのか」などと思ってしまった。この点についても申し訳ない限りである。

カップルと思しき男女二人組ばかりの店内で、テーブル席に案内されたW先生と私は向かい合って座った。ひとまずビールと簡単な食事を注文し、乾杯を済ませたものの、私はとても会話を楽しめるような精神状態ではなかった。W先生は話のきっかけを作ろうと様々な質問をしてくれるのだけれども、私はそれらに対してまともに答えられないという膠着状況が続いた。次第に、我々のテーブルには重苦しい雰囲気が立ち込めてきた。他のテーブルにはエロティックなムードをもたらしているはずの薄暗い間接照明も、我々のテーブルにとっては重苦しい雰囲気を助長してくるだけの迷惑な代物となっていた。

私と会話のキャッチボールをすることは困難だと悟ったW先生は、気を遣って今度は自分から滔々と話すモードに切り替えてくれた。それ自体は大変ありがたかったが、話の内容は少し奇妙に感じられるものであった。自分が大学でどんなトラブルに巻き込まれてきたかとか、どれほど惨めな思いをしてきたかとか、そういう自嘲的な思い出話ばかりするのである。食事が運ばれてきても、酒をおかわりしても、W先生はずっとそんな話を続けた。私のことには触れてこないし、最初はなぜそんな話をするのか真意をはかりかねていた。

だが、途中で私は気付いた。W先生は決して好き勝手に喋っているわけでなく、苦境にある私を慰めるために、自らの屈辱的な体験談を語っているのだと。言うなれば、自らの傷によって私の傷を癒そうとしてくれたのである。教授が大学院生に自身の惨めな体験を話すのは、恥ずかしかったことと思う。それでも、自分の恥を晒すことで少しでも私の気が楽になるならばと、そうした話をしてくれたのである。

結局、その日は最後までW先生が直接的な励ましの言葉を口にすることはなかった。だが、私は十分すぎるほどに励まされた。今だから打ち明けるが、当時の私は自死を有力な選択肢として保持しながら日々を過ごしていた。しかし、W先生と飲んだ日、その選択肢は永久に封印することを決めた。

もしあの日、W先生が根性論を振りかざして、私にひたすら叱咤激励の言葉を投げかけていたら、一体どうなっていただろうか。私は元気づけられるどころか、かえって自死への最後の一歩を後押しされていたかもしれない。私もW先生と飲む前には、そうした結果に至ることも多少は覚悟していたような気がする。ところがW先生は、押し付けがましいことは何も言わず、ただ自らの傷をさらけ出したのだ。無理に力を加えると反動で暴発しかねない自死の衝動を抱える者に対しては、そのような対処が最善だとW先生は本能的に察知したのではないだろうか。

その後、結局私は大学院を一年留年した。そして指導教員を変更したうえで、全く新たな修士論文を一から書き上げ、どうにか修士課程を修了することができた。

それから約十年経った現在、相変わらず苦しいことは色々とあるが、酒を飲んだり歌を詠んだりしながら生きていられるのはW先生のおかげである。W先生には改めて心より感謝申し上げたい。

人生にもし締切があるならば今からの雨はすべて催促

第五章 短歌編

短歌を作り始めた頃の話

私が短歌を作り始めたのは、高校を卒業してすぐの頃だった。高校生のときは穂村弘さんのエッセイを通して短歌に興味を持ってはいたものの、自分が短歌を作るなどということは考えもしなかった。だが、大学進学を目前に控えたタイミングで、どういうわけか何か新しいことに挑戦しなければならないという強迫観念に駆られ、その結果始めたのが短歌の実作だったのである。

時間はありすぎるほどにあったので、毎日朝から晩まで自室にこもり、思い付いた言葉をこねくり回して短歌へと仕立てる作業に没頭した。作風は完全に好きな歌人の模倣でしかなかったが、自分の想念が定型に収まっていくのがとにかく気持ちよかった。

ところが、そうしたお世辞にも健全とは言えないライフスタイルが祟ったのか、途中から自分で自分の精神状態を心配するような有様になってしまった。危機感を覚えた私は、部屋にこもるのをやめて、外を散歩しながら短歌を作るようにした。「この歌にウルトラマンは合わないか、字余りになるけど仮面ライダーにした方がいいか、だって春だしな」などと訳の分からないことを呟きながら住宅街を徘徊する青年の姿は相当に異様だったと思うが、ともあれ外を歩くようになって私の精神状態は劇的に回復した。

これにて一件落着、となればよかったのだが、外を歩きながらの作歌にも問題点があった。もちろん不審な目で見られるというのもあったが、別にそれは私にとって大した問題ではなかった。もっと重大だったのは、外界には誘惑が多いということである。私は高校卒業直後に一人でふらっと飲み屋に入るような猛者ではなかったので、酒の誘惑の話をしているわけではない。そうではなくて、住宅街とはいえ近所に本屋やレンタルビデオ屋などはあったので、そういったところを通りかかると、無意識のうちに内部へと吸い込まれるのである。そしていったん入ったが最後、短歌のことはすっかり忘れてしまうのだった。

そうした誘惑の中でも最も大きな脅威だったのは、漫画喫茶である。本屋やレンタルビデオ屋などであれば、徐々に立っているのが辛くなってくるので、時間を取られるといってもたかが知れている。だが漫画喫茶であれば、座り心地の良い椅子はあるわ、壁一面に漫画が並んでいるわ、おまけにドリンクは飲み放題だわで、半永久的に滞在することができる。初めはふらふら歩いていて偶然近くに来たら少し立ち寄る程度だったのが、いつの間にか自宅から一目散に直行して長時間居座るようになっていた。こうなるともう短歌を作ることなどできない。さらに間の悪いことに、麻雀漫画の面白さに目覚めてしまった。おそらくその店にある麻雀漫画は全て読破したのではないか。私の関心は短歌を作ることから麻雀漫画を読むことへと完全に移行した。こうして私の中の第一次作歌ブームは終焉を迎えた。

大学へ入学した私は、麻雀漫画を読み尽くしたこともあり、漫画喫茶には行かなくなった。一方で、作歌に復帰することもなかった。せっかく大学という場所へ通うようになったのだから、何らかの団体に所属してみようと思ったのである。そして私の入った大学には当時、学生短歌会などというものはなかったので、必然的に短歌からは離れることとなった。

いくつかの団体に潜入調査を実施し、入念な検討を重ねた結果、大学新聞の発行を担う新聞部に入ることを決めた。かなり悩んで紆余曲折は経たものの、最終的には文章を書きたいという欲求に突き動かされたのである。大学公認の団体であり、先輩たちもみな温厚そうだったので、安心して入部した。しばらくは大学新聞の発行に付随する諸々の事務作業を担当することになった。勝手の分からないことも多かったが、いつも先輩が丁寧に指導してくれるので助かった。

ところが、いざ私が記事を執筆する段階になると、すぐさまトラブルが頻発するようになった。私の書く文章が大学新聞にはふさわしくないと、部内で問題になり始めたのだ。新聞部が発行する大学新聞は、基本的なスタンスとして、大学に関する情報を価値中立的に淡々と伝えることが求められた。だが、このエッセイ集の読者なら既にお察しの通り、私にそのような文章が書けるはずもない。最初は冷静に事実だけを述べていたはずが、徐々に精神が高揚してきて、抑えきれなくなった自我が暴れ出し、文章が跳ね回って収拾がつかなくなるのだ。いくら先輩に注意されても、こればかりは私の生まれ持った体質が原因であって、すぐに矯正できるものではなかった。結果として、大学公認の真面目な新聞に、私がこのエッセイ集で書いているようなふざけた文章が掲載されることになったのである。

そんなことが繰り返されるうちに、自業自得としか言いようがないものの、私は部内で露骨に疎まれるようになった。ある同級生の部員からは、真っ直ぐにこちらの目を見据えながら「僕は、あなたが、嫌いです」と一語一語を噛み締めるように言われた。また、副部長からの攻撃も印象的だった。会うとすぐ私の臀部を執拗に蹴ってくるのである。臀部を蹴られるという経験は、肉体的な痛みこそそれほど強くはなかったものの、屈辱の象徴のような側面があるために、意外にも精神へのダメージが大きかった。

そういう状況だったので、私は自然と新聞部からフェードアウトしていくことになった。まだ一年生の中頃だったはずで、再挑戦が可能な時期ではあったが、もう集団での活動は懲り懲りだという心境に陥っていたし、他の団体を探して参加する気力も残っていなかった。何か一人でできる活動はないかと考えたとき、思い出したのが短歌だったのである。華やかな大学生活の夢破れて、退路を断たれた格好の私は、今度こそ全身全霊で作歌に取り組もうと決意を固めたのだった。

それからは、高校卒業直後に自分を追い込み過ぎたことの反省を生かして、大学での授業や塾講師のアルバイト等を通じて一定程度の社会性は確保しながら、空いている時間は可能な限り作歌に費やすという生活を送った。また、当時は今ほど簡単に歌集が手に入る時代ではなかったものの、大学図書館には偉大な歌人たちの全集や選集が大量に収蔵されていたので、それらを片っ端から読むことでインプットも絶やさないように心がけた。すると、そのような生活様式が私にマッチしていたのか、ほとんど不満もないほどに快適で充実した作歌の時間を長きにわたって獲得することができた。

ただ、そうした恵まれた日々の中でも精神的に辛いことがあるにはあった。最も辛かったのは、私の作った短歌を読んでくれる人がいなかったことだ。そもそも友人自体がほとんどいないのに、その中で私の短歌を読んでくれそうな人を探すのは至難の業だった。実際、私は短歌を作るばかりで、それを誰かに見せるという機会はほとんどなかったのである。

一度、私の作った短歌から十首ほどを厳選し、それらが印刷された紙を思い切って友人に手渡したことがあった。公園での出来事だったと記憶しているが、私は友人が無言かつ無表情で私の短歌を読んでいる時間に耐え切れなくなった。気が付けば私はその紙を友人の手から強引に奪い取って、あろうことか衝動的に近くの池へと投げ捨てていた。友人は驚いた表情を見せ、慌てて池まで紙を拾いに行った。びしょ濡れになった紙を池から拾い上げて戻ってきた友人は、それを持ったまま穏やかな口調で、二度とそんな真似はするなと私を諭した。それは、私が自分の短歌を粗末に扱ったからなのか、あるいは私の短歌をもっとじっくり読みたかったからなのか、はたまた私が池にゴミをポイ捨てしたからなのか、友人が私を叱った理由はなぜか全く覚えていないが、その一件があってからというもの、自分の短歌を他人に見せることが怖くなってしまった。

一度だけ、逆転の発想で、初対面の相手なら自分の短歌を見せられるのではないかと考え、実行に移そうとしたこともあった。だが、「実は私は短歌を作っていまして……」と切り出した途端に「じゃあ、ここで一句！」と言われ、一瞬のうちに心が折れた。（念のために補足しておくと、俳句は「一句、二句」と数えますが、短歌は「一首、二首」と数えます。また、突如として相手に即詠を要求するような発言自体がそもそも大変に失礼です。そうした二重の意味で、短歌を作っている人に対して「ここで一句！」と言うのはタブーですので、絶対にやめましょう。※「ここで一句！」撲滅委員会会長三田三郎より）

そんなこんなはありつつも、新聞部を離れてからの約二年間は、概ね順調に短歌を作り続けることができた。短歌が次々と脳内に浮かんでくるので眠れない夜もあったくらいだ。第一歌集の収録作の大半はこの時期に作られたものである。それほど作歌に関しては密度の濃い日々を過ごしていた。

だが、三年生の中頃に再び岐路が訪れる。進路を決定しなければならなくなったのだ。少なくとも、その時点で就職か大学院進学かを選ぶ必要があった。その頃、大学での専攻分野に強い関心を抱いていた私は、悩みに悩んだ結果、大学院に進学して研究職を目指すことにした。

そこから大学院の入学試験に向けて勉強を始めたのだが、それによって生活の均衡が崩れたのか、短歌を作ろうとしても全く身が入らなくなってしまった。いざ短歌に向き合おうとしても、その時間を院試の勉強に回した方がいいのではないかという疑念が頭を離れないのである。ここに至って私は、自分が学問と短歌を両立できない人間であることに気付いた。大学院に進学する以上は死ぬまで研究者でありたいと思っていたから、学問の道を選ぶならば短歌とは今生の別れになる。就職か大学院かというハードな二択の先に、今度は学問か短歌かというこれまたハードな二択が待ち受けていたわけである。また悩みに悩んで、最終的には短歌と決別して学問に専念する覚悟を決めた。

ただ、大学院には進学したものの、修士課程の段階で指導教員から色々と手厳しい仕打ちを受け、精神に回復不能なダメージを負った私は、早々に研究者としての道を断念することとなる。「二兎を追う者は一兎をも得ず」ということわざがあるが、一兎に絞って追いかけたからといって、その一兎が必ず手に入るわけではないのだ。

一方で、研究者になれなかったからこそ、その後に短歌と再会することができたのだとも言える。懸命に追いかけていた一兎を逃した先に、かつて見切りをつけたはずのもう一兎が現れたのである。思い返せば、私は短歌というものがありながら、漫画喫茶に新聞部、そして学問と、ずっと浮気ばかり繰り返していた。そんな私を見捨てずにいてくれた短歌という兎には、もはや死ぬまで頭が上がらない。

動く歩道を走ったことも動かない歩道でずっと立ってたことも

急性胃腸炎と第一歌集と葉ね文庫

私は仕事中に急性胃腸炎で救急搬送されたから、歌人として活動するようになった。

これだけを書くと頭がおかしくなったと思われそうだが、確かに因果はそのように結ばれたのだ。では、実際にどのような経緯で私が急性胃腸炎から歌人としての活動へと行き着いたのか、私の頭がおかしくなっていないことを証明するためにも、時間を遡ってその道筋を辿り直してみたい。

私が急性胃腸炎を発症したのは、二〇一八年一月一七日のことである。その頃の私は、半年前に取引先との間で生じたトラブルの事後処理にまだ追い回されていた。トラブルの内容については、職務上の制約もあるので具体的な記述は避けざるを得ないが、その手があったかと感嘆してしまうほどにアクロバティックな裏切り方をされた。それにより一時は自社の存続が危ぶまれたものの、半年間あがいてどうにか最悪の状況は脱しつつあった。そんな折だった。

その日はいつも通り朝から事務所で仕事をしていた。午前中は体に何の異変もなく、晩はどこへ飲みに行こうかと無邪気に思案を巡らせていたくらいである。ところが、ちょうど正午あたりに腹痛が始まったかと思えば、そこから体調は加速度的に悪化し、しまいには激しい下痢と嘔吐に見舞われてトイレから出られなくなった。トイレで休めばいずれは回復するのではないかという最後の望みも無残に打ち砕かれ、意識が遠のいていくのを自覚した時点でもはやここまでと観念し、スマートフォンで救急車を呼んだ。そして力尽きた。

そこからは意識が朦朧としていて記憶も曖昧なのだが、病院へ搬送されている最中に、ひとつ確かに抱いた思いがあった。それは、どうせ死ぬなら歌集を出せばよかった、という思いだった。そのときはもう短歌から離れていたが、学生時代は作歌に励んでいた時期もあったのだ。作った短歌を書き付けたノートは実家の机の引き出しに保管してあったが、それがなぜかそのタイミングで唐突に物々しい存在感を伴って思い出された。後悔や希求というような強い感情ではなかった。ただ、もうすぐ自らの人生が終わりを迎えると仮定して、その人生に歌集がある場合とない場合とを比較した場合、前者の方が面白かろうと、他人事のように思っただけだった。

結局、医師による診断はストレス性の急性胃腸炎で、しばらく休養をとれば問題なく回復するだろうとのことだった。どうせ死ぬなら歌集をどうのこうのというのは、苦痛に対する耐性の著しく低い私が、混濁した意識の中で勝手にパニックを起こしただけのことで、本当は命の危険など微塵もなかったのだ。実際、その後入院することもなく、一週間の自宅療養を経て仕事に復帰した。

ただ、たとえ非常時の混乱の中で突発的に湧いた妄念であるにせよ、歌集を出せばよかったという思いを自らが抱いたことは紛れもない事実で、せっかく稀有な経験をしてそこから教訓を与えられたにもかかわらず、それを生かさないのはひどくもったいないように思えた。そこで、学生時代に詠んだ短歌の中から百首を選んで並べた、簡素な歌集を制作することにした。それが第一歌集『もうちょっと生きる』である。あくまで学生時代に詠んだ短歌を一冊にまとめるのが目的で、そこから歌人として活動するつもりなど全くなかった。完成した歌集を友人たちに配りさえすれば、もういつ死んでも思い残すことはない——、となるはずだった。

ところが、困ったことになってしまった。私はどういうわけか歌集を五百冊も刷っていたのだ。私は友人が少ないから、歌集は数冊配って終わりである。友人だけではなく知人にまで配る対象を広げても、プラス十冊程度の上積みにしかならなかった。その段階から新たに四八〇人の友人を作れば解決する話ではあったが、そんなミラクルは望むべくもない。また、恥ずかしながら当時は謹呈というシステムも知らなかった。もはや大量の歌集が手元に残ることは必定であるように思えた。そして何より、せっかく歌集を制作したのに十数人に配って終わりというのはあまりにも寂しすぎた。

そこで思い出したのが、葉ね文庫である。詩歌に特化した書店が大阪にあるという噂は以前から聞いていた。そのことをふと思い出し、自分の歌集を置いてもらえないだろうかと図々しく考えたのである。もし置いてもらえるならば、あと数人は歌集を読んでくれるかもしれない。そうなれば今度こそ未練がなくなるのではないかという期待があった。色々と躊躇いもあり、突撃の決心がつくまでにはそこから三カ月を要してしまったが、初秋のある日、太腿を拳で叩いて自らを鼓舞しながら、歌集を持って葉ね文庫へと向かった。

木曜日の夜七時、開店と同時に葉ね文庫に入った。「やってますか?」と尋ねながらドアを開けたものだから、なんだか開店直後の飲み屋に入るみたいになってしまったが、店主の池上さんは温かく迎え入れてくれた。本を買わずに自著の売り込みをするのは失礼だと思う一方で、欲しくない本を儀礼的に買うのはもっと失礼だと思ったので、三十分ほど丹念に棚を物色して、本当に欲しくなったものをレジに持って行った（一冊のつもりだったが二冊になった）。池上さんは「これ両方とも面白いですよね」と言ってくださり、なんだかそれだけで目的を果たした気になってしまい、そこから色々と世間話をしていたのだが、途中でふと我に返り、会話が途切れたタイミングで鞄から自分の歌集を取り出し、この店に置いてもらえないかとお願いした。緊張のあまり、「売れてもお金は結構ですから」「売れなかったらいつでも処分してください」などと妙なことを口走ってしまった。一方の池上さんは冷静で、私が手渡した歌集をしばらくチェックして、とりあえず三冊入荷したいと言ってくださった。嬉しかった。そのときは一冊しか持っていなかったため、また出直す旨を伝えて足早に葉ね文庫を後にした。去り際は失礼だったかもしれないが、その嬉しさを温存したまま酒を飲みたかったのだ。

（※現在では持ち込みは原則NGとなっているようですので、どの口が言うかと思われそうですが、同様の行為はご遠慮いただけると幸いです。）

そして二日後の土曜日、歌集を三冊持って葉ね文庫へ納品しに行った。これでもういつ死んでも思い残すことはない――、とはまたしてもならなかった。納品が終わった後も、客として葉ね文庫へはしばしば通うようになった。そして、葉ね文庫で出会った歌人の笹川諒さんに背中を押される形で、私は再び短歌を作るようになった。そのまま短歌を作り続けて、第二歌集を出すこともできた。

ここまでの経緯を振り返ってみれば、今こうして私が歌人として活動できているのは、いくつもの奇縁が重なった偶然の結果でしかないことを思い知らされる。例えば、もし第一歌集を葉ね文庫へ持ち込んだとき、取り扱いを池上さんに断られていたら、私が作歌を再開することはなかっただろう。改めて池上さんには感謝の意を捧げたい。ありがとうございました。一方で、全ての端緒となった急性胃腸炎にも感謝の意を捧げるべきなのかもしれないが、それは私の中にかろうじて残っている人間としてのプライドが許さないというか、どうしても心情的な抵抗感を禁じ得ないところがあるので、やめておく。ありがとうございません。

この世への未練を残しておくために読みたいけれど読まない歌集

コロナ禍と第二歌集とガチンコラーメン道

私が第二歌集『鬼と踊る』の刊行準備に着手したのは、二〇二〇年の暮れである。新型コロナウイルスが三度目の流行を迎えつつあった時期で、またしばらく外出が難しくなるのであれば、その時間を利用して歌集の刊行準備を始めておこうと考えたのである。まずは自分で草稿を作り、翌二〇二一年の三月、以前からお世話になっていた歌人の山田航さんにそれを見せて、版元をどこにすべきか相談したところ、S社を紹介してもらえることになった。すぐにS社の編集者・Tさんと山田さん、私の三人でオンライン会議を実施し、ありがたいことに歌集の出版を引き受けてもらえる運びとなった。山田さんには引き続き、監修者という立場で歌集制作のサポートをお願いした。

山田さんもTさんも、仕事が実にスピーディーで、メールのレスポンスも早かった。歌集についての提案や指示も的確で、とても頼もしかった。歌集の制作は順調に進んだ。

にもかかわらず、それから私は大変なプレッシャーに襲われることとなった。あらかじめ断っておかなければならないが、その原因は山田さんにもTさんにもない。むしろ、二人とも私がプレッシャーを感じないよう様々な点で配慮してくれた。ではなぜ私がプレッシャーを感じたのかと言えば、S社がそれまでに刊行した歌集がことごとく好評を博していたからである。そんな流れの中で私の歌集が読者から酷評あるいは黙殺されるような事態となれば、S社の看板に泥を塗ってしまうのではないか、山田さんとTさんのキャリアに傷を付けてしまうのではないか、と不安でならなかったのだ。

平時であれば、そんなプレッシャーがあっても、飲酒によって気を紛らわすことができただろう。だが、その時期は折しもコロナ禍の真っ只中だった。緊急事態宣言が断続的に発令され、解除されている間も飲食店への時短営業要請は維持された。私にとってみれば、さあこれからという八時や九時に退店を余儀なくされるのは、全く飲ませてくれないよりも酷な仕打ちである。隠れて深夜まで営業している店もあるにはあったが、やましい気持ちを抱えながらこそこそ飲酒するというのは、飲兵衛としてのプライドが許さなかった。では自宅で飲めばいいではないかと言われそうだが、私はコロナ禍の前から自宅では努めて飲まないようにしていた。理由は、もし私が常習的に自宅で飲酒するようになれば、「飲む／飲まない」を切り替えるスイッチがすぐにぶっ壊れて、越えてはならない一線をあっさりと越えてしまうことが容易に想定されるからである。そういうわけで、私はコロナ禍によって飲酒の場を完全に失った。歌集の制作にプレッシャーを感じ、酒に逃げることもできない私は、段々と精神的に追い詰められていった。

そんな状況が影響したのだろう、その頃の私は繰り返し奇妙な悪夢を見るようになった。内容は次のようなものである。

私は歌集の草稿を両手に抱えて立っている。目の前に山田さんとTさんが仁王立ちしている。そして、私が持っている草稿を自ら破り捨てるよう二人に命じられる。私は泣きながら草稿を破って、近くのゴミ箱やポリバケツに捨てる。その後、歌集の草稿を一から作り直すよう二人に命じられる。……

色々な意味でひどい悪夢だが、そのシチュエーションには見覚えがあった。かつて放送されていたテレビ番組『ガチンコ！』の名物コーナー「ガチンコラーメン道」のワンシーンである。「ガチンコラーメン道」では、講師の佐野実が弟子たちに愛情あふれる熱血指導を繰り広げていたけれども、その中で、弟子に全力で一杯のラーメンを作らせたうえでポリバケツに捨てさせるという場面があったのだ。それを見たとき私は小学生だったが、「大人の世界はこんなに過酷なのか」と大変な衝撃を受けたことはよく覚えている。

問題は佐野実がなぜそんな行為を弟子に強いたのかということだが、私の記憶では確か、弟子にその時点での経験や知識をいったん全て捨てさせ、まっさらな状態で修業を始めさせたかったからという理由があったはずだ。もちろんそのやり口には、人道的にも食品ロス的にも問題があると言わざるを得ないが、彼の意図そのものは理解できなくもない。それを踏まえて、「ガチンコラーメン道」の一場面を彷彿とさせるような悪夢を、私が繰り返し見るようになった理由を推察してみるならば、懸命に作ったはずの歌集の草稿を、一度は破棄して再構築する必要性を感じていたということだろうか。あるいは、もっとラディカルに、歌集の草稿のみならず、それまでに作った短歌の全てを、さらには身に付けてきた技術や知識の全てを、捨て去らなければならなくなるのではないかと、無意識のうちに危惧していたということだろうか。

そんなことはあったものの、現実は夢とは異なり、歌集の制作はスムーズに進んだ。結局私は最初に作った草稿を捨てることはせず、それに加筆・修正を施したものを最終稿として、歌集は問題なく予定通りの時期に刊行された。私の不安は単なる杞憂でしかなかったのだ。

ただ、今でもたまに空想することがある。あの悪夢の中でしたように、歌集の制作途中で最初の草稿をまるまる捨てていたらどうなっていただろうか、と。もし本当にそんなことをしたら、ほぼ間違いなく歌集の刊行自体が暗礁に乗り上げ、それこそS社や山田さん、Tさんに多大な迷惑をかけていたに違いない。でも、もしかしたら、刊行はかなり遅れるものの、一千万部売れて文学史に残るような第二歌集が誕生していたかもしれない。その可能性もゼロではないのだ。ただしそれは、「量子力学的には人間が壁をすり抜けられる可能性もゼロではない」というのと同じような話なのだが。

そういえば、佐野実は「ラーメンの鬼」の異名で知られた。奇しくも私の第二歌集のタイトルは『鬼と踊る』である。私は鬼と踊っていたつもりだったが、歌集制作中に見た悪夢のことを思えば、実際は佐野実という鬼の手のひらの上で踊らされていただけなのかもしれない。

鬼になれと先輩の言うその鬼は赤鬼ですか青鬼ですか

酔っ払い歌人の偉大なる先輩たち

なかなかに人とあらずは酒壺に成りにてしかも酒に染みなむ

大伴旅人

酔っ払い歌人の元祖と言えば、万葉歌人の大伴旅人である。この歌を現代語に訳せば「中途半端に人間でいるくらいなら酒壺になりたいものだ。そうすれば酒に浸っていられるだろう」となる。

私は高校生の頃に初めてこの歌を読んだが、正直そのときは作者の言わんとしていることがさっぱり分からなかった。当時の私はまだ将来に希望を持っていたので、極端に厭世的なこの歌の世界観には共鳴できなかったのだろう。また、酒を飲まなければやっていられない人間の心情など理解できるはずもない年齢だったから、作者の願望はその時代に特有の大仰な文学的表現なのだろうと考えていた。

それから約十年の歳月が流れ、この歌と再会したのは二十代も半ばに差し掛かった頃だった。既に大酒飲みとなっていた私が改めてこの歌を読んだところ、初読時とはまるで異なる印象を抱いた。共感した、というわけではない。むしろ、人間をやめて酒壺になりたいなどというのは、この世の誰もが抱いている当然の願望なのではないかと思ったのだ。約十年の間に、人間世界で辛酸を嘗めさせられ続け、様々な苦痛を紛らわそうと酒に溺れた結果、初読時には全く分からなかったこの歌が、今度は分かりすぎるようになっていたわけである。

文学作品を鑑賞するにあたって、読者があまりにも作者と近い思想を持っている場合、そこで表現されている内容が自明のものと感じられ、かえって共感というような体験からは遠ざかることがあるらしい。私が二度目にこの歌を読んだ際、そのような現象が生じたのではないかと推察される。

もちろん、私と大伴旅人がよく似た歌人だというような大それた主張をするつもりは毛頭ない。歌人としての資質について言えば、そもそも私など大伴旅人と比べるのもおこがましいレベルである。ただ、酒に対する姿勢という一点に限っては、私と大伴旅人には共通するところがあるように思えてならない。大伴旅人のような歌人が万葉集の時代にいたことを、現代の酔っ払い歌人として非常に心強く感じている。

人の世にたのしみ多し然れども酒なしにしてなにのたのしみ

若山牧水

この世には三種類の人間がいる。酒がいらない人間、酒はあった方がいい人間、そして酒がなくてはならない人間である。

まず、体質的に下戸の人はもちろんだが、そうでなくても酒など全く飲みたいとは思わない人々がいる。これが第一のカテゴリー「酒がいらない人間」である。以前は酒を飲んでいたがコロナ禍を機にすっぱりやめた、という人も少なくないと聞く。酒飲みに対する風当たりが強まっている時代の趨勢に鑑みると、今後このカテゴリーに属する人は増えていくのかもしれない。

次に、酒はしばしば楽しく飲んでいるので、全くいらないとは言えないけれども、なかったらなかったで別になんとかなるという人々がいる。これが第二のカテゴリー「酒はあった方がいい人間」である。酒は日常に楽しみを付加してくれるアイテムだと考えているタイプである。日本においては、おそらくこのカテゴリーに属する人々が多数派なのではないか。

最後に、酒が生活において何よりも優先され、もはや日常を構成する不可欠の要素となった人々がいる。これが第三のカテゴリー「酒がなくてはならない人間」である。三つのカテゴリーの中では最も少数派だと思われるが、こういう人々も一定数だが確かに存在する。そして既にお察しの通り、私も若山牧水もこのカテゴリーに属する人間である。

若山牧水は、比喩や誇張ではなく、文字通りに「酒がなくてはならない人間」だった。毎日朝から晩まで飲み続け、一日の酒量は一升に及んでいたという。羨ましいような羨ましくないような、まさに酒浸りの生活である。

そこまでではないものの、私も酒を軸として生活を組み立てているタイプの人間なので、冒頭の歌の気持ちはよく分かる。確かに、楽しいとされることはこの世にたくさん存在する。ゴルフ、ショッピング、バーベキュー、ダーツ、ナイトプール、音楽フェスと、挙げていけばキリがない。ただ、もし私が柄にもなくそうしたことに手を出すとしても、まずは酒を体内に入れて、楽しみを積み上げるための基盤を構築する必要がある。酒を飲むことによってようやく、様々な楽しみのスタート地点に立てるのだ。

そして、素面でやって楽しいことは、酒を飲んでやればもっと楽しいに決まっている。激しい運動を伴うものや、高度な集中力を要するものでない限り、何事も酒を飲みながらやった方が楽しいのである。

酒は、楽しみを打ち上げるための発射台であると同時に、打ち上げられた楽しみを加速させるブースターでもある。また、楽しみなき酒は虚しいが、酒なき楽しみはもっと虚しい。若山牧水と同じ「酒がなくてはならない人間」の一人として、私は強弁を承知でそのように主張しておきたい。

春宵の酒場にひとり酒啜る誰か来んかなあ誰あれも来るな

石田比呂志

酒飲みにとって、一人で飲むのか誰かと飲むのかというのは永遠のテーマである。例えば若山牧水は、「白玉の歯にしみとほる秋の夜の酒はしづかに飲むべかりけり」という代表歌に象徴されている通り、基本的には一人で飲む酒を好んだ。ただ一方で、友人と一緒に飲む酒を詠んだ歌もしばしば見られる。若山牧水ほどのストイックな酒飲みであっても、時には誰かと酒を酌み交わしたくなるものらしい。

このように、酒飲みの心情というのは意外と複雑なところがある。ゆっくりくつろぎたいからと一人で飲み始めたはずが途中で無性に人恋しくなることもあれば、反対に、誰かと話したい気分だったので友人と飲み始めたはずが突如として一人になりたくなることもある。単なるわがままだと言われてしまえばそれまでだが、それが酒飲みの悲しき性なのだから仕方ない。「一人で飲む派／誰かと飲む派」といった単純な二元論では捉えきれない、ややこしい気質を抱えているのが酒飲みという生き物なのである。

そうした酒飲みの気質を見事に表現しているのが、冒頭に引用した石田比呂志の歌である。一人で酒を飲み始めたものの、酔いが回るにつれ寂しくなり、誰かと話したくて「誰か来んかなあ」という思いが頭をもたげてくる。一方で、誰か知り合いが来たら来たで、最初は嬉しくとも徐々に煩わしくなったり、あるいは話が盛り上がったために飲み過ぎたりといった事態も予測されるため、「誰あれも来るな」という思いも頭のどこかにある。酒飲み特有のアンビバレントで厄介な感情を、この歌は的確に描き出しているのだ。

そして、私も酒飲みの一人として、この歌に詠まれた心情はよく理解できる。一軒目に入ったタイミングでは、今日こそ他人は巻き込まないようにと、最後まで一人で静かに飲むことを心に誓っている。ところが、ものの一時間も経たないうちに、頭の中で寂しさが台頭してくるのだ。そのまま寂しさに身を任せていたら、また性懲りもなく他人に迷惑をかけることになるから、いったん自制心が寂しさをなだめにかかる。しばらくは寂しさと自制心の押し問答が続くのだが、その段階も長くは続かない。いつの間にか両者の押し問答は暴力的な争いへと発展していて、もう少しすると寂しさが自制心の上に馬乗りになって一方的に殴打している。そして自制心がぐったりし始めたら、あとは寂しさの独壇場である。誰かと話したい欲求が暴走しだして、こうなるともう手が付けられない。「誰か来んかなあ」といった受動的な期待感の段階はとうに通過して、自ら能動的に会話の相手を求めるようになる。スマートフォンで誰かを呼び出したり、話し相手がいそうな店に飛び込んだりする。それでも話し相手が捕まらなければ、知り合いに電話をかけまくったりするものだから、本当に迷惑極まりない話である。

私の場合は寂しさが強すぎるのか、「誰か来んかなあ」と「誰あれも来るな」の両者が拮抗している時間は短く、すぐに前者の感情が優位に立ち、さらには積極的に話し相手を求める段階へと移行してしまう。しかし、だからこそ、飲み始めた当初に抱く「誰あれも来るな」という感情に重みを感じるのである。

人前で話すときは酒を飲ませてほしい

二〇二二年の六月十二日、私は大阪の「梅田 Lateral」で開催されたトークイベントに登壇した。歌人の笹川諒さん・土岐友浩さんと語り合い、非常に有意義で楽しい時間を過ごしたのだが、私がイベントに登壇するのはこれが初めてだった。それまでは、もちろんコロナ禍でイベント自体がなかなか開催されない状況だったこともあるが、実のところイベント出演の打診を受けても全て断っていたのである。せっかく私のような人間にありがたい話を持ってきてくれたにもかかわらず、断るというのは大変に心苦しかったけれども、そうせざるを得ない事情があったのだ。

まず、私は極度のあがり症である。子供の頃から、人前で話すのが異様なまでに苦手だった。いざ人前で話し始めると、全身が硬直して言葉が出てこない。大学生のときは、自らの発表がある授業の前は必ずと言っていいほど、プレッシャーのあまりトイレで吐いていたくらいだ。大学の授業における数十分ほどの発表でもそんな有様になるのに、トークイベントに登壇して何時間も話すなんてとんでもないことだった。

また、私には強い緊張に見舞われると失礼な発言をするという不思議な習性がある。何を話すべきか悩み過ぎたために、発言者であるはずの自分自身が時間差で面食らうほどに失礼なことを言うのだ。

例えば、私は川柳も作っているのだが、尊敬する川柳人にKさんという方がいる。Kさんはこの道何十年という大ベテランであり、私が川柳を作り始めるきっかけにもなった憧れの人である。そのKさんと初めて会ったとき、私は緊張のあまり何を話していいか分からなくなって、気が付けばKさんに対して「川柳を作ってもう長いんですか?」と質問していたのである。言い終わってからしばらく、私はその言葉が自分の口から発せられたことを信じられなかった。Kさんが現代川柳の第一人者であり、作句歴は数十年に及ぶことを、私は分かりすぎるほど分かっていたはずだからである。喧嘩を売っていると捉えられても仕方ないような言葉が自分の口から出たと認識した瞬間、私は本当に取り返しのつかないことをしたと思った。その場で舌を嚙み切って自害したかった。幸いなことに、そのときはKさんが私の緊張を察してか、温かい対応をしてくださったので事なきを得たが、危うく憧れの人との関係が初対面で終わるところだった。

ここまで述べてきたように、私は極度のあがり症であるうえに、緊張すると突発的に失礼な発言をしてしまう。つまり、私が大勢の人の前で話すとなれば、必然的に失礼な発言が飛び出すこととなる。それを自覚しているので、失言で我が身の破滅を招くことがないように、人前で話す機会は可能な限り回避せざるを得ないのである。

そういうわけで、第二歌集が刊行されて、販促を兼ねたトークイベントをしないかという打診をいくつか受けたときも、大変恐縮ながら全て断った。理由については正直に「人前で話すのが苦手なので」と話し、大抵はそれで納得してくれるのだが、一度だけ食い下がられたことがある。「オンラインなら緊張しませんよ」「私はオンラインの方が緊張するんです」「聴衆の姿は見えないようにしますから」「一方的に見られる方が怖いんです」といった押し問答がしばらく続いたあと、最終的には追い詰められた私が「大御所歌人との二十四時間耐久相撲対決だったらやります」などと意味不明な提案をし始めたことで相手が折れた。あれも非常に申し訳ないことをした。

それくらい人前で話す機会を忌避していた私が、なぜ突如として「梅田Lateral」でのトークイベントに登壇したのかと言えば、その場では酒を飲むことが許されたからである。「梅田Lateral」は登壇者も観客も飲みながらイベントを楽しむことができる素晴らしい会場で、そこでトークイベントをしないかという依頼を受けたときは二つ返事で引き受けた。酒さえ飲めればこっちのもので、人前でもリラックスして話せると思ったのだ。

トークイベント当日、開演の三十分前に控室でハイボールを飲み始めた。イベントが始まってから飲んだのでは、冒頭は素面の状態で話すことになってしまう。それだけは是が非でも避けなければならなかったので、アルコールを体内に入れてから酔いが回るまでのタイムラグを考慮して、イベントの開始前から飲んでおくことにしたのである。もちろん、イベント中も飲むわけだから、開演時に酔っ払っていたのでは、イベントが終わる前に私が別の意味で終わってしまう。それもまた絶対に避けなければならないので、開演前に飲むのはハイボール一杯だけとした（そこで通常のジョッキではなくメガジョッキを注文したあたりに私の葛藤が表れていたが）。ハイボールを飲んでいると、開演の頃には程よく酔いが回ってきて、コンディションは万全であるように思えた。余裕も出てきて、もう緊張に苦しめられることはないだろうと早くも安堵した。

だが、その見通しはあまりにも甘かったと言わざるを得ない。登壇して最初の一言を発した瞬間、これはまずい、と直感的に窮状を察知した。体の緊張がひどく、声が思うように出ない。事前にハイボール一杯しか飲まなかったのは、自分のあがり症を見くびっていたとしか思えない。激しい後悔の念を覚えつつも、私は気を取り直して、酒の力を信じることにした。酒を飲み続けてさえいれば、いつかは必ず緊張が和らぐのだ。緊張のピークは今だと自らに言い聞かせながら、必死に口を動かした。すると、酒は私を見捨てなかった。徐々に緊張がほぐれ、喋りも滑らかになってきた。ある時点からは酔いが軌道に乗り、人前にもかかわらず心地よい気分で話をすることができた。こうなればもう怖いものなど何もない。そのまま話したいことを話し続け、トークイベントはつつがなく終了した。

結局、このときは酒に救われる形で無事にトークイベントを乗り切ることができた。酒を飲んでリラックスしていたために、緊張のあまり失礼な発言をするという私の悪い癖も出ずに済んだ。ただ、今になって考えてみれば、酔っ払ったせいで失言をする可能性も十分にあったわけで、そうならなかったのは幸運としか言いようがない。

私の場合、人前で話すとなれば、酔っても酔わなくても失言をする可能性がある。もちろん、ほろ酔いの状態をずっと維持したまま話ができればいいのだが、飲酒というのはそんなに甘いものではない。もう一杯くらい大丈夫だろうと飲んだ結果、その一杯が命取りになることもある。大抵は私を救ってくれる酒も、いつ豹変して牙を剥いてくるか分からないのだ。

では、もし次に私がイベントで話す機会があれば、そのときは一体どうすべきなのだろうか。いっそのこと、最初から極限の泥酔状態で登壇すればいいのかもしれない。そうすれば、呂律が全く回らないので、そもそも失言が生まれることもないだろう。もっとも、失言はなくとも、通常の発言もできなくなるし、発言以外で無数の失態を演じることになるし、というか泥酔していること自体が根本的な失態だし、当然ながら二度とイベントには呼ばれなくなるけれども。

異常者が酔って別種の異常者へ変わる途中に一瞬の正気

第六章 総括編

積極的飲酒と消極的飲酒

この世界における飲酒は二種類に大別される。快楽を得るための飲酒と、苦痛を和らげるための飲酒である。

飲酒と言って一般的に想像されるのは前者であろう。家族や仲間と談笑したり騒いだりしながら楽しく飲む酒もそうだし、一人でリラックスしながらじっくりと味わう酒もそうだろう。このように、とりあえずは安定的な日常生活がベースとして前提され、そこに快楽を付加するために行われる飲酒の様態を、「積極的飲酒」と呼ぶことにしたい。

一方で、平穏で幸福な暮らしを享受している人々には理解し難いことかもしれないが、この世には自らの抱えている苦痛を和らげるために飲む酒というのも存在する。辛い過去や厳しい現状を忘れるために飲む酒がそうだし、いわゆるヤケ酒もこれに当てはまるだろう。また、心身に何らかの問題を抱えていて、一時的にその苦しみから逃れるために飲む酒もこちらに該当する。このように、そもそも生活や心身の安寧を阻害するファクターがあり、それによって生じている苦痛を軽減するために行われる飲酒の様態を、「消極的飲酒」と呼ぶことにしよう。

では、私の飲酒はどちらに当てはまるのかと言えば、基本的には消極的飲酒タイプである。後述のように、最終的に積極的飲酒へと到達するケースもあるのだが、まずは消極的飲酒として私の飲酒はスタートする。私は多種多様な苦痛のコレクションを保有しているので、それを少しでも減らすために酒の魔力を利用する必要があるのだ。読者は別に知りたくもないだろうが、この場を借りて現在の私が抱えている苦痛を思い付くままに列挙してみたい。

仕事のストレスは蓄積される一方で解消される見込みがない。両親の体調はほとんど不可逆的に悪化し続けていて回復の望みは薄い。過去を振り返れば抹消したい記憶ばかりだし、未来に目を向ければ不安で視界が埋め尽くされている。恋人との関係で悩んでいるのならまだしも、そもそも恋人がいない。かつての友人たちはみな申し合わせたように東京へ行ってしまった。ネットやテレビを見れば、およそ正気の沙汰とは思えないことばかりで気が滅入る。加齢による肉体の衰えを感じることが増え、胃はもたれるし腰は痛いし目はかすむ。洗濯機は調子が悪いし、電子レンジは完全に壊れている。近所のコンビニの店員に嫌われている。隣家の飼い犬が私にだけ吠える。玄関でいつもミミズが死んでいる。

まだまだあるが、これくらいにしておこう。こうした世俗的な苦痛は枚挙にいとまがない。おまけに、自分が自分であることの不快とか、自己に内在する他者性への恐怖とか、自らの意志によらずこの世界に生まれたことの不条理とか、実存的・存在論的な苦痛にまで悩まされている。これで酒を飲むなという方が無理な話ではないか。

こういう話をすると、決まって「その程度の苦しみなら私も抱えているが、私は酒を飲んでいない。苦しみを口実にして酒を飲むな」といった批判を受けるのだが、それはおかしな道理である。だったらその人も酒を飲めばいいだけのことで、私に酒をやめろというのは筋違いである。同様に、「みんなそれくらいの苦しみは抱えている」という主張に対しては、だったらみんなで酒を飲みましょうと答えておきたい。

さて、私は前述のような苦痛を和らげるべく酒を飲み始めるのだが、やはり酒は裏切らない。二、三杯も飲めばあらゆる苦痛が和らいでいくのを実感できるし、そのまま飲み続けていればある段階で完全に苦痛が消失する。その状態にまで至れば、消極的飲酒としての目標はめでたく達成されたことになる。

そして、もしこの時点で幸運にも諸々のコンディションが良好であれば、私の消極的飲酒は積極的飲酒へと移行する。消極的飲酒によって苦痛が消去され、快楽を積み上げていくための基礎が整備されたことで、以降は積極的飲酒が可能となるのだ。そうなれば、あとはひたすら快感を増大させるだけの、純粋に楽しい飲酒が待っている。このモードに突入すれば、もう怖いものなど何もない。難しいことは考えず、一心不乱に飲み続ければいい。

ただ、その無敵モードに入ったとしても、いくつか気を付けなければならない点がある。まず、飲み過ぎて気持ち悪くなってしまっては、積極的飲酒が一転して単なる苦痛へと変貌することになる。そうなってはせっかくの積極的飲酒が台無しなので、せめて就寝までは快感を維持しなければならない。私もかつてはしばしば飲み過ぎて気持ち悪くなっていたが、長期にわたる厳しい訓練を経て、最近はそういうことがなくなった。

そして、次に問題となるのが二日酔いである。二日酔いもまた、積極的飲酒を楽しみ過ぎた先に待ち受けている苦痛である。もちろん、理屈としては二日酔いにならない程度に酒量を抑えればいいのだろうが、それはあくまでも理屈でしかない。翌日の二日酔いのリスクを高めている時間帯は、積極的飲酒において順調に快楽を積み上げている時間帯と重なるので、そこで飲酒を打ち切るという選択肢は事実上あり得ないのだ。積極的飲酒によって生じる二日酔いは、快楽と引き換えに支払う代償として甘受すべきであろう。私も二日酔いはどうしようもないものとして無抵抗で受け入れている。

そう考えると、二日酔い自体はさほど大きな問題ではないのかもしれない。実のところ、より警戒すべきなのは迎え酒の方である。迎え酒は、二日酔いの苦痛から逃れるための飲酒だから、純然たる消極的飲酒である。そうすると、消極的飲酒から始まって、幸いにも積極的飲酒へと移行できたのに、そこから生じた二日酔いの苦痛から逃れるために、また消極的飲酒へ飛び込むという、危険なループが形成されてしまう。

いや、このループが積極的飲酒を経由しているうちはまだ救いがあるのかもしれない。毎日迎え酒をするような無茶を続けていれば、いずれそのループから積極的飲酒の時間が脱落するに違いない。そうなったときに残されるのは、二日酔いと迎え酒とを往復するだけの苛烈な輪廻である。

活力の錬金術の代償が二日酔い程度なら儲けもの

私は現在のところ、迎え酒をすることはほとんどない。迎え酒を我慢することで、積極的飲酒から消極的飲酒へと至る経路が生成されるのをなんとか阻止しているのだ。自らの抱える苦痛を軽減するために、私は飲酒よりも効果的な手段を見つけることができない。また、ひとたび消極的飲酒から積極的飲酒へと突入したら、ひたすらに快楽の増大を追求してしまうから、翌日の二日酔いのリスクを回避するために酒量を調整することもできない。そうであれば、私にできるのは、誕生しつつある苛烈な輪廻を、迎え酒の地点で断ち切ることだけなのである。

記憶を失くす者は救われる

「忘却は、人間の救いである」とは太宰治の言葉だが、それが本当ならば私は毎晩のように救われていることになる。それくらい私は酒を飲むと記憶を失くすことが多いのだが、泥酔時の出来事を覚えていないのが救いとなっているふしは確かにある。

泥酔すれば誰しも何かしらの失態を演じることはほぼ不可避だと思われるが、翌日にその記憶があるのとないのとでは大違いなのだ。もし不幸にも自らの失態を覚えている場合には、激しい自己嫌悪に苛まれることだろう。自責の念に駆られ、しばらく酒は控えようという気持ちになるかもしれない。だが、たとえ酔って失態を演じても、翌日にその記憶さえ残っていなければ、自己嫌悪など生じようがない。堂々と胸を張って一日を過ごし、晩にはまた酒を飲むことができる。自分が覚えていない失態を誰かから聞かされることもあるが、その場合でも、どこか他人事のように感じられるというか、自分の体験としての実感が薄く、自ら記憶している場合よりも遥かにダメージが小さい。

前述した内容の傍証として、私の友人・Fの例を挙げたい。Fは自宅近所のバーで知り合った飲み友達である。そして、私と飲み友達になるくらいだから、当然ながら無類の酒好きである。そのFは、私と同じく、酒は好きだが強いわけではないというタイプで、いつも深酒をしては酔っ払って醜態を晒している。しかし、Fが私と決定的に異なるのは、全く記憶を失くすことがないという点である。どれだけ泥酔しても記憶が曖昧になることすらなく、全ての出来事を鮮明に覚えているというのだ。酔って理性を失い、派手に粗相はするものの、その自らの粗相については明確に記憶しているのである。初めてFからその特異体質について聞かされたとき、神はなんと無慈悲なことをするのかと思った。それではFがあまりにも不憫ではないか。事実、Fは大酒を飲んだ翌日、いつも大変な自己嫌悪に襲われているという。そして、一緒に飲んだ翌日は必ずと言っていいほど謝罪のメールが届く。私は記憶を失くしているから、前夜にFがどのような粗相をしたのか分からないのだが、メールの文面からは深い後悔と謝罪の念が伝わってくる。そのメールを読む度に、F

も泥酔したら記憶を失くす体質であればどんなに救われたことか、と思わずにはいられないのである。

私は一度、Fと苦悩を共有すべく、飲酒時に記憶を失くさなくなる効果があるというサプリメントを試そうかと思ったことがある。ネット通販サイトで、あとワンクリックすれば購入というところまで手続きを進めたのだが、最後の最後で怖気づいてしまった。もちろん、得体の知れないサプリメントを体内に入れるのが怖かったというのもあるが、それよりも、泥酔時の自らの失態を記憶することによって、深刻なトラウマを植え付けられそうで怖かったのである。

また、酔って記憶を失くすことは別の救いをも与えてくれる。それは、素面での自らの言動についても過剰な反省をしなくて済むようになるということだ。当然ながら、泥酔時は素面のときと比べて失態を演じている可能性が高い。そして、泥酔時の失態については記憶がないので反省のしようがない。そうであれば、素面で自らがとった言動についてあれこれ反省をしたところで何の意味があろうか。泥酔時にもっとひどい粗相をしている可能性があるにもかかわらず、それは記憶がないからといって反省せず、素面での言動だけを反省するというのは筋が通らない話である。したがって、泥酔して記憶を失くすことを繰り返しているうちに、素面で多少の失敗をしようとも、「まあ、飲んでいるときはもっとひどいからなあ」と受け流せるようになってくる。私もそうだが、他人と接した後に、相手を不快にさせる言動がなかったかと「一人反省会」を開いてしまうような人種にとっては、これが大きな救いとなるのである。

ここまで、酔って記憶を失くすことでもたらされる救いについて述べてきたが、それでもやはり自分が何をしたか覚えていないのは怖いと感じる読者もいるだろう。そういう読者のために、朝起きて前夜の記憶がない場合の対処法を伝授したい。

まず、素面で寝る前に必ず行うルーティンを作るのである。私の場合だと、寝る前にはスマートフォンを充電器に繋いで所定の場所に置くようにしている。ルーティンの内容は何でもよく、翌日に着る服を用意してテーブルに置くとか、飲み物を枕元にセッティングするとか、些細なことで構わない。それを続けていると、酔って帰ってきても大抵はそのルーティンを行うようになるのだ。そして、泥酔して記憶を失くしても、そのルーティンの実行を翌朝に確認できれば、前夜に粗相をしている可能性は低い。そうなればひとまずは安心して、小さくガッツポーズでもすればいい。だが一方で、そのルーティンが行われていない場合は、前夜に粗相をしている可能性がぐっと高まる。それは前夜にルーティンの実行すらままならないほど酔っていたことを意味するからである。もしそうなれば、早急な対応が求められる。すぐさま同席していた人々に問い合わせの連絡を入れ、情報収集に努めなければならない。そして、自らの粗相が判明すれば、当然ながら謝罪をしなければならない。一切の言い訳をせず、とにかく謝り倒そう。

このように、寝る前のルーティンを作ると、その実行の有無が前夜に粗相をした可能性を測る指標となるわけである。以上の対処法さえ身に付けてしまえば、酔って記憶を失くすことへの恐怖感は薄らぐに違いない。これで安心してレッツ泥酔、と言いたいところだが、記憶を失くすまで飲むのは心身への負担が非常に大きいので、私と違って特殊な訓練を受けていない読者にはほどほどの飲酒をお勧めしたい。

あと、記憶を失くした人から粗相の有無を尋ねられた際に、嘘をついてからかうのは本当にやめましょう。「三田くん、昨日は酔っ払って全裸で暴れてたよ」と嘘をついた先輩を私はまだ許していません。そういうのは、鬼畜の所業というか、正義に対する挑戦というか、非常に反道徳的な行為なので、絶対にやめてください。お願いします。

酒により失ったものを列挙して遊ぼうよ（金！）（記憶！）（健康！）

倒錯した後悔について

二〇二三年の二月、私は階段から落ちて左手の人差し指を骨折した。階段から落ちて負傷すること自体恥ずかしいが、もっと恥ずかしいのは、それが素面での出来事だったことである。もし階段で転倒した理由が酔っていたからであれば、それは酒飲みにとって名誉の負傷といったところだが、朝出かけるときに急いで駆け下りていたからというのでは、あまりにもみっともないではないか。それに、公共空間にある階段で、誰かとぶつかったとか、誰かに押されたとか、そういう事故や事件が原因ならば自らを責める必要はないが、私の場合は、何万回と上り下りしているはずの自宅の階段で、理由もなく足がもつれて踊り場から下へとヘッドスライディングするような格好になったわけだから、それは百パーセント私に非があるとしか言いようがなく、情けない限りである。

病院で骨折が判明して最初に思ったのは、「急いでいても階段はゆっくり下りればよかった」とか、「出かけるときは慌ただしくなるから事前にきちんと準備しておけばよかった」とか、そういうことではなかった。真っ先に私の頭に浮かんだのは、「どうせ骨折するなら酔っ払っていればよかった」という思いだったのだ。これは完全に倒錯した後悔である。というのも、転倒時に素面で反射神経がしっかりしていたからこそ、咄嗟に手をつくことができ、指の骨折だけで済んだからである。もし酔っ払って階段で転倒したのであれば、手をつくことすらできずに頭部を負傷し、最悪の場合は死に至っていたかもしれないのだ。これは決して大袈裟な話ではなく、実際に酔っ払って階段から落ちて死にかけた経験のある私が言うのだから間違いない。だから、本来は「階段から落ちたときに酔っ払っていなくてよかった」と思わなければならないはずだ。しかし実際に私は、「どうせ骨折するなら酔っ払っていればよかった」と思ったのである。

この種の倒錯した後悔を覚えた経験は他にもある。例えば、失言したときである。素面で失言してしまった場合、「どうせ失言するなら酔っ払っていればよかった」と毎回思うのだ。これもまた倒錯した後悔である。酔ったうえでの失言であれば、もっととんでもない内容のものをぶち込んでいる可能性が高いからだ。あるいは失言したことすら覚えておらず、その相手と再会した折には、何事もなかったかのように「この前は楽しかったですね」などと抜かしてしまうかもしれない。一方で素面での失言であれば、自ら気付くケースも多いし、そうなればリカバリーの余地も生じるから、被害は最小限に抑えることができる。したがって、酔っ払っての失言よりは素面での失言の方が問題は小さくて済むのである。とすれば、やはり「どうせ失言するなら酔っ払っていればよかった」という後悔は、どう考えても倒錯していると言うほかあるまい。

このような倒錯した後悔が生じる理由を自分なりに推察してみると、どうも私には素面の状態を我慢の産物と捉えているところがあるらしい。できることなら常に酔っていたいが、一人の善良な市民として社会生活を営むためにはそうもいかない。不本意ながら、ある一定程度の時間は飲酒を我慢しなければならない。そういう意識で生きているものだから、素面で何か失敗をしてしまった折には、「せっかく飲酒を我慢したのに報われなかった」という不条理感に襲われるのだろう。その不条理感を消化しきれないときに、もう飲酒を我慢するのはやめてやろうかという、やけっぱちの感情が生じるように思われる。

そうすると、「どうせなら酔っ払っていればよかった」という倒錯した後悔は、我慢の要らないユートピアへの危険な憧れでもあるのだろうか。だとしたら、それは倒錯どころか、むしろストレートな欲望の発露であるようにも思えてくる。私がしばしば抱く倒錯した後悔は、決して常習的泥酔者に特有の病的症状などではなく、酒を求める全ての人間の心に潜んでいるものなのかもしれない。

病院で治らない箇所を治すため居酒屋という闇医者に行く

酒で友人を失うことについて

私が日常的に泥酔していると知った人からは時折、酒によって友人を失うことはないのかと心配そうに尋ねられる。結論から言うと、ないことはない。私のリアルな醜態を目の当たりにして、幻滅・失望・落胆のあまり私と距離を置こうとする人がいるのは当然であろう。実際、酔った私の粗相が原因で友人と疎遠になってしまった経験は何度かある。そうした過ちがあった直後は、いつも大変な自己嫌悪に襲われ、しばらく酒を控えようかと思うのは事実である。

だが、それでも私は、酒によって友人を失うことはあまり恐れないようにしている。というのも、そもそも私の友人関係の大半は酒によって得られたものであって、それらが酒によって失われるのは、全くもって妥当なことだからである。酒で得た友人を酒で失ったならば、悲しんだり怒ったりするのではなくて、この世の摂理が正常に機能していることを喜ぶべきなのだ。この浮世においては、自分に全く落ち度がないにもかかわらず友人の裏切りに遭うこともあるわけで、それを思えば、酒で友人を失うというのは相対的に受け入れやすい悲劇だとも言えるだろう。

また、酒で得た友人を酒で失うということ自体、実際それほど頻繁に起こるわけではない。酒好きの仲間で集まって飲む場合、誰かが泥酔して失態を演じたとしても、翌日になればみなそれを覚えていないということも多いからである。たとえその失態があったという事実はかろうじて覚えていたとしても、記憶が不鮮明なものだから、自信を持って怒るのはなかなか難しい。結局その失態についてはうやむやのままお咎めなしとなり、何事もなかったかのようにまた同じメンバーで集まって飲むのである。

さらに言えば、そもそも酒飲みは他の酒飲みの粗相に対して寛容である。酒飲みであれば誰しも、酔って粗相をした経験が多少はあるので、それを棚に上げて他人の粗相を非難するのは気が引けるものだ。そして、一度でも泥酔した翌日に自らの粗相を知って自己嫌悪に陥るという経験をしたことのある者ならば、その苦しみは痛いほど分かるはずだ。酒の席での粗相というものは、された方はもちろん辛いが、した方もまた辛いのである。そのため酒飲みは、他人が酔って粗相をしようとも、今回くらいは目を瞑ろうという心持ちになりがちである。かくして、酒飲みは互いに相手の粗相を許し合うようになるのだ。

最後にもう一つ駄目押しで言うと、酒によって得た友人関係は、酒を飲むことによってしか維持できない。共に酒を飲むことによって育まれ、共に酒を飲むことを目的とした友情は、こちらが飲み過ぎて粗相をしたからといって必ずしも消滅するわけではないが、こちらが飲まなくなれば間違いなく瞬時に消滅するのである。酒を飲み過ぎることによって友人を失う可能性よりも、酒を飲まないことによって友人を失う可能性の方が遥かに高い以上、前者のリスクについては甘んじて受け入れ、思い切り飲酒する道を選ぶのが合理的な判断である。

私はコロナ禍でそのことを痛感させられた。店で誰かと酒を飲むことができなくなったため、私はほぼ全ての友人関係を凍結されてしまったのである。日本中みながそうだった、と反論されるかもしれない。だが、一般的な友人関係と飲酒に基づく友人関係とでは根本的に性質が異なる。一般的な友人関係であれば、電話やメール等で交流を続けることができたかもしれないが、飲酒に基づく友人関係はそうもいかない。考えてみてほしい。普段はいつも酔っ払って馬鹿話をしている者同士が、急に素面で電話をすることになったとして、一体どんなテンションで何を話せと言うのか。リモート飲み会という代物も一時期は流行したが、少なくとも私は「はたしてこれは他人と飲んでいると言えるのか、パソコンの前に座って一人で飲んでいるだけではないのか」という疑念が頭から消えず、全く楽しむことができなかった。そうして私は、新型コロナウイルスの流行が拡大する度に、一時的に友人を失うこととなった。酒を飲むことによって得た友情は、酒を飲まなくなればたちまち失われるのである。

酒で得た仲間を酒で失くすとはなんと律儀なこの世の因果

飲酒について書くということ（あとがきにかえて）

本書は私にとって初めてのエッセイ集である。以前から私はエッセイを書きたいという欲求が強かったものの、なかなか発表の場を得られずにいつも悶々としていた。そんなところへエッセイ集出版の話が持ち上がったものだから、溜まりに溜まった欲求を爆発させるようにして、一気に原稿を書き上げることができた。そうした事情もあり、ネタ切れやガス欠に陥ることもなく、本書の執筆は私にとって概ね快楽的な体験であった。

ただ一方で、飲酒について書くということには独特の困難が伴った。

まず、飲酒時のエピソードを書こうにも、そのときの私は酔っ払っているので、記憶が曖昧であったり、あるいは全くなかったりする。また、仮に一定程度の記憶があったとしても、酩酊時の記憶と睡眠時に見た夢の記憶は質的に似ているため、自信を持って区別することは難しい。もちろん、ある人が酒を飲んだ途端に巨大化して居酒屋の天井を突き破ったとか、宴会に途中から現職のアメリカ大統領が合流して盛り上がったとか、はっきり夢だと断言できる記憶もあるが、誰かの粗相や奇行くらいであれば、それが現実の記憶なのか夢の記憶なのか判然としないことも多い。そうした理由により、酒に関するエッセイ集ならば多くの人が読みたいであろう、泥酔者のぶっ飛びエピソードはなかなか書くことができなかった。

また、世の中には酒を飲みながら文章が書ける人もいるが、私は全くそうしたことができないので、エッセイは全て素面で書かざるを得なかった。酒を飲む時間が減るのも純粋に辛かったが、酒についてのエッセイを書くために酒を控えているというアイロニーがその辛さに拍車をかけた。さらには、私が書いているエッセイの内容は飲酒を称揚するものばかりだから、その裏返しとして文章を書いている素面の時間は否定されることとなる。自分の書いている文章の内容によって、その文章を書いている最中の自分が否定されるというのは、なんともやりきれない事態である。

このように振り返ると、飲酒について書くことに伴う困難は、私の個人的な問題というよりも、誰しも逃れられない原理的なものであるようにすら思えてくる。飲酒の核心である酩酊状態を文章で書くというのは、そもそも根本的な矛盾を孕んだ営みなのではないか。私は本書において、飲酒時の自分について、他人事のように突き放してみたり、屁理屈で乱暴に一般化してみたりと、様々なアプローチを試みたけれども、結局のところ核心に触れるまでには至らず、その周辺をうろちょろすることしかできなかった。摑もうとした途端に逃げていく。まるで幸福のようだ、というのは美化しすぎだとしたら、せめてウナギのようだと言っておこうか。飲酒について書こうとする度に、いつもその種のもどかしさに襲われるのだ。

思うに、酒を飲むというのは、徹底的に現在を生きる行為である。苦い思い出を忘れ、明日の予定を忘れ、全力で現在を蕩尽するのが酒を飲むという行為なのだ。しかしながら、それを振り返って文章にするというのは、過去を生きる行為にほかならない。文章を書いていること自体は現在の行為であっても、また文章上で飲酒時の状況を疑似的に再現することはできても、そこに飲酒時の躍動的な現在は生起していないのである。

そうした点を考慮してみても、飲酒そのものとそれについて書くことは、そもそも相性が悪いのかもしれない。身も蓋もない言い方をすれば、酒は飲むものであって書くものではない、ということなのかもしれない。それでも、私は今後も必ず酒を飲み続けるのと同様に、必ず飲酒について書き続けることだろう。まず酒を飲むということ自体が不合理なのだから、それについて書くことが不合理だとしても、別に問題はないはずなのである。

罰のようだ救いのようだサンダルで閉店を告げに来る店長は

初出一覧

「急性胃腸炎と第一歌集と葉ね文庫」：葉ね文庫『鬼と踊る』購入特典フリーペーパー（2021）／「酒の飲み過ぎによって私が恐れるようになった3つの質問」：辻本力編『生活考察Vol・8』（タバブックス、2021）／「泥酔の経験は人間を謙虚にする」：『西瓜』第八号（2023）／「飲酒の心得十カ条」：紀伊國屋書店国分寺店選書フェア「のんべえ大学詩歌学部」特典フリーペーパー（2023）

いずれも本書へ収録するにあたって加筆・修正を施した。右記以外は、一部インターネット上に公開したものもあるが、紙媒体としては本書が初出である。

三《み》田《た》三《さぶ》郎《ろう》

兵庫県生まれ。歌人。歌集に『もうちょっと生きる』(風詠社)、『鬼と踊る』(左右社)。

よいこのための二日酔い入門
2025年3月31日 初版第一刷発行

著者 三田三郎
発行 堀之内出版
〒192-0355
東京都八王子市堀之内3-10-12
フォーリア23 206
042-682-4350
03-6856-3497
イラスト 池田早秋
ブックデザイン 吉岡秀典+及川まどか(セプテンバーカウボーイ)
校閲 渋谷遼典
印刷 中央精版印刷株式会社

SBN978-4-911288-01-6